VERLAG ANTJE
KUNSTMANN

Véronique Olmi

Der Mann in der fünften Reihe

Roman

Aus dem Französischen von
Claudia Steinitz

Verlag Antje Kunstmann

Für meine Schwester Isabelle

Käme ihr Mann oder Liebhaber zurück und sagte ihr, er leide noch immer – bist du sicher, sie würde nein sagen?

ALFRED DE MUSSET
Man spielt nicht mit der Liebe

ICH WEISS NICHT, WIE LANGE ich schon auf dieser Bank sitze. Seit Stunden fährt kein Zug mehr ab, kommt keiner mehr an. Ein regloser Bahnhof. Eisige Stille bis ins Mark meiner Knochen. Hinter mir eine riesige, verschlossene Stadt. Vor mir die leeren Züge wie gestrandete Wale. Und Sie. Vielleicht hören Sie mir zu. Es ist eine Welt, die nichts mehr zu sagen hat. In der ich mich verloren habe. In ein paar Stunden geht der Verkehr wieder los. Beginnt der Tag. Ich weiß nicht, was ich mit ihm anfangen werde. Ich weiß nicht, was ich jetzt mit mir anfangen soll. Vor vierundzwanzig Stunden war alles noch gewohnt und vertraut. Ich dachte, ich würde entscheiden und hätte alles im Griff. Ich dachte, ich würde leben.

GESTERN BIN ICH WIE ÜBLICH spät aufgewacht. Es war nach zehn, und ich blieb noch lange im Bett, ehe ich mich hinaustraute. In der Nacht hatte ich einen Albtraum gehabt, in dem alle Linien horizontal waren. Eine Welt ohne Vertikalität. Endlose Straßen. Ohne mögliche Ausfahrt. Ich konnte weder aus- noch einsteigen. Alles war statisch. Ich spürte, dass ich starb. Aber ich starb nicht. Denn in diesem horizontalen Universum gab es weder Ober- noch Unterwelt.

Der Albtraum blieb in mir, er war deutlich und irritierend, hielt mich irgendwie fest, dann fiel mir ein, dass Dienstag war. Das erschreckte und beruhigte mich. Heute Abend spiele ich, dachte ich mit einem kleinen, kurzen Schmerz. Aber der Schmerz war auch Erleichterung: Ich hatte recht gehabt, am Vorabend zu Hause zu bleiben. Ich hatte nichts verpasst; die Seltsamkeit eines Tages ohne Theater war vorübergegangen. Ich bin Schauspielerin. Theaterschauspielerin. Meine Woche, oder besser mein Leben, beginnt am Dienstag. Der Montag hängt irgendwie in der Luft. Ich fülle ihn mit möglichst vielen Verpflichtungen und treffe alle möglichen Menschen. Bin Mutter. Tochter. Freundin. Geliebte. Nachbarin. Ich verkörpere all diese Rollen. Aber der Montag ist eine schmerzhafte Untreue; auch in diesen Stunden, die ich dem Alltag opfere, höre ich nie auf, an die nächste Vorstellung zu denken, bin nur auf sie fixiert. Ich durchlebe den vorstellungsfreien Tag in der ständigen Angst, dass er mich von der Rolle ablenkt. Ständige Angst. Das verstehen Sie bestimmt.

Es kommt mir vor, als trüge ich ständig eine zweite Welt auf den Schultern. Als schwebte sie über meinem Kopf. Es ist keine Bedrohung. Es ist real, eine Präsenz, die ich nur im Theater anbeten kann. Außerhalb des Theaters muss ich in einer einzigen, gewöhnlichen Dimension leben. Das ist wie ein ständiger Verrat. Eine Sackgasse.

Gestern früh hinterließ der Albtraum einer zweidimensionalen Welt mit seinen starken und deutlichen Bildern einen bitteren Nachgeschmack, den ich nicht loswurde. Ich verstand seine Bedeutung nicht. Dann versuchte ich, nicht mehr daran zu denken. Ich wollte ihn vergessen. Es war ein filmischer Traum, weiter nichts. Vielleicht ein ästhetischer Traum. Das zu glauben war falsch.

Ich habe das Radio angemacht, um mich abzulenken, aber es half nicht. Ich verstand nicht, was sie sagten, mir entging der Sinn einzelner Wörter, Begriffe auf Englisch, aus der Welt des Internets und der Finanzen. Das ist offenbar eine universelle Sprache, und ich fand es schade, dass ich nichts davon begriff. Aber die Stimmen des Journalisten und seiner Gäste – Experten – klangen besorgt und prophezeiten das Schlimmste. Ich überlegte mir, dass meine Kinder in einer Welt voller Katastrophen und Experten aufwuchsen, und fragte mich, ob ihnen das Leben weit offen oder eng und voller Fallstricke erschien. Meine Kinder, Tom und Louis, waren früh zur Schule gegangen. Ihre Stundenpläne merke ich mir nie. Das Blatt mit ihrem Wochenplan, das am Kühlschrank hängt, ist unzuverlässig, es gibt Arbeitsgemeinschaften, Vertretungsstunden, Turniere, alles ändert sich von einem Tag zum anderen, und ich merke mir nichts davon.

Ich hatte Mühe, aufzustehen, das Rollo war nicht ganz heruntergelassen, und auf dem Balkonboden sah ich das blasse Februarlicht ohne Substanz. Es war offenbar windig: Ich hörte den Verkehr vom ziemlich weit entfernten Stadtring. Es klang wie ein Fluss, ein fortwährendes Strömen, das unweigerlich durch alle Ritzen dringt. So stelle ich es mir meistens vor, um das Geräusch zu mögen. Ein Fluss in der Stadt.

Ich bin froh, dem alltäglichen Rhythmus der Staus und der überfüllten Metros zu entgehen, aber auch irgendwie argwöhnisch, als hätte man mich vergessen und als wäre das Vergessen ein Privileg, dessen ich mich nicht rühmen sollte. Ich lebe und spiele am Abend, eine gute Entschuldigung, um nicht früh aufzustehen. Denn eine Entschuldigung braucht man. Was eine unglaubliche Verletzung der Privatsphäre ist. Jeder sollte über seine Nutzung der Zeit entscheiden können, ohne sich rechtfertigen zu müssen.

Der Morgen sollte eine neutrale Zone sein, die man nur mit dem oder der teilt, der oder die neben einem schläft. Der Morgen müsste zur Nacht gehören. Die Nacht, das sind jetzt Sie. Diese Bank. Dieser Bahnhof. Diese Kälte.

Gestern noch kannte ich ein gemächliches Erwachen, die kleinen, so vertrauten Ängste, kannte ich die Rituale und den genauen Ablauf der Stunden. Während ich meinen Tee trank, las ich online die Zeitungen. Schlagzeilen über Massaker in Zentralafrika, erinnere ich mich, und Artikel über einen Streit zwischen Fernsehmoderatoren, die ich nicht kenne. Die Massaker in Zentralafrika zählten nicht zu den »meistgelesenen Artikeln«, im Unterschied zu denen über den Moderatorenstreit. Aber bei den Massakern bat man uns abzustimmen, für oder gegen eine Intervention. Ich hoffe, dass niemand in Zentralafrika weiß, was wir uns da trauen. Ich frage mich, wie ich zurückkäme, wenn ich dorthin gehen würde, »an den Kriegsschauplatz«, wie man sagt. Für einen einzigen Tag. Eine Stunde. Eine halbe Stunde. Fünf Minuten. Fünf Minuten braucht man, um einen Zeitungsartikel zu lesen, schätze ich. Die Realität einer Welt aufzunehmen. Aber es ist nicht meine.

Ich bin am Mittelmeer aufgewachsen, an den guten Stränden. Und in den guten Zeiten. Aber es könnte sein, dass die Gewalt in das Land der Kindheit drängt. Dann würden sich meine Erinnerungen ändern. Meine Sommer am Strand wären nicht mehr meine, sie würden einer Generation gehören, wären eher Teil einer Epoche als meiner

Jugend. So werden die Karten neu verteilt. Ob man mitspielen will oder nicht. Das wissen Sie auch.

Ich bin in einer Welt aufgewachsen, wo die Sonne den Horizont überflutet, und die Schönheit überraschte mich nicht, ich dachte, sie sei gerecht verteilt. Die Welt glich dem, was ich davon sah. Meiner Stadt zwischen Gebirge und Meer. Getragen vom Wellenrauschen. Das Leben lag mir zu Füßen wie eine natürliche Treue. Alles schien an seinem Platz.

Ich sehe meinen Vater vor mir, der den Hosensaum hochkrempelte und lange allein am Meer entlanglief. Ich frage mich, woran er dachte. Damals fragte ich mich das nicht. Ich sah ihn als Mann, der, nachdem er langsam gelaufen war, zu uns zurückkam und meine Brüder und mich aufforderte, nach Hause zu gehen. Heute weiß ich, dass mein Vater uns niemals dazu aufgefordert hätte, wenn der Strand endlos gewesen wäre. Niemals wäre er zu uns zurückgekommen.

Während ich meinen Tee trank, stimmte ich für eine Intervention in Zentralafrika. Dann sah ich, dass ich zur Mehrheit gehörte. Ich zog langsam das Rollo hoch, um die Welt gegenüber auftauchen zu sehen. Schornsteine rauchten. Die Dächer waren noch mit Reif bedeckt. Der Himmel war von lichtlosem Weiß, wie ein Loch. Es sah sehr kalt aus, hinter der Fensterfront. Heute Nacht, hier neben Ihnen, spüre ich diese Kälte, als gehörte sie mir schon lange. Ich hatte sie bereits in mir und wusste es nicht. Jetzt befreit sie sich und breitet sich aus.

Nachdem ich das Rollo hochgezogen hatte, sah ich den Mann im Haus gegenüber. Vormittags ist er immer nackt, sommers wie winters. Nackt vor seiner Frau, nackt vor seinen Kindern. Die nicht nackt sind. Ich glaube, er ist krank. Er ist sich entweder seines eigenen Körpers oder der anderen nicht bewusst Ich frage mich, wie man einem nackten Vater gehorcht. Wenn ich seine Tochter wäre, würde ich ihn nur von hinten ertragen. Viele Leute, auch angezogene, erträgt man nur von hinten. Wenn sie gehen. Besser so.

Während ich zuschaute, wie er telefonierte und dabei im Zimmer herumlief, klingelte mein Mobiltelefon. Es war meine Mutter. Sie ruft immer vor elf Uhr an, »damit ich dich auch sicher erwische«, wie sie sagt. Meistens tue ich, was mir der Arzt empfohlen hat: Ich frage sie, welcher Tag heute ist, was sie gestern getan hat, was sie heute tun wird. Ich orientiere sie, denn sie ist so wenig orientiert. Wird sie, wenn sie mich heute anruft, merken, dass unsere Sätze in andere Geräusche getaucht sind? Hat sie noch einen Rest Intuition?

Gestern früh habe ich sie gleich gefragt: »Es ist schön für einen Februartag, was machst du heute?« Halb ärgerlich, halb irritiert hat sie die Frage von allen Seiten betrachtet und die Antwort hinausgeschoben. Ich habe Hinweise eingestreut, so wie man mit einem Kind spielt, das nicht verlieren soll:

»Triffst du dich dienstags immer noch mit Geneviève?«

»Geneviève? Ja. Ja, ich habe sie gesehen. Sie kam gerade aus Marokko. Ja. Sie hat mir ihre Fotos gezeigt. Mindestens hundert Fotos von den Souks! So was von langweilig!«

Ich beobachtete meinen nackten Nachbarn, der auch telefonierte. Einen Moment lang hatte ich das Gefühl, mit ihm zu sprechen. Er schien wütend zu sein; so, mit gesenktem Kopf und gebeugtem Rücken, sah er aus wie ein kleiner Stier.

»Gestern war Montag, Maman. Geneviève kommt doch immer dienstags, oder?«

Der Mann schüttelte den Kopf. Sein Fuß scharrte auf dem Boden.

»Du hörst gar nicht zu, was ich sage, Nelly.«

(Ich heiße Nelly, Nelly Bauchard, das ist mein Bühnenname. Auch mein Alltagsname. Mein ständiger Name.)

Meine Mutter sprach weiter:

»Ich sage dir doch, dass sie mir ihre Urlaubsfotos gezeigt hat!«

»Aber wann?«

»Na gestern, als sie hier war. Verlierst du den Verstand oder was?«

»Maman, gestern war Montag, das weiß ich, es war spielfrei.«

»Spielfrei?«

»Die Theater waren zu, meine ich.«

»Du spielst gerade, stimmt's?«

Es ist wunderbar, dass sie sich daran erinnert. Ich war so glücklich darüber, als wäre ihre Krankheit heilbar, als könnten wir uns woanders wiederfinden, in einer anderen

Zeit, und unsere Plätze wären noch unverändert. Ich entfernte mich vom Fenster, von dem Mann, von allem, was nicht sie und ich war.

»Ich mag dich in Tschechow nicht besonders, das weißt du ja.«

»Ich spiele seit acht Tagen Pirandello, erinnerst du dich nicht? Du warst mit den Kindern in der Premiere. Hast du deine Medikamente genommen? Heute ist Dienstag, Geneviève hat dir nicht gestern ihre Fotos gezeigt. Geneviève kommt bald, du sagst, dass du sie nicht magst, aber du willst nicht auf ihren Besuch verzichten. Und sie war in Island.«

Ich frage mich, warum ich sie verletzen wollte. Warum habe ich mich über sie aufgeregt, wo ich doch ihre Krankheit hasse? Ich sehe, wie sie aus ihrer Rolle heraustritt und langsam vom Gestern eingeholt wird; auch wenn die Zukunft ein ewiges Vergessen ist, wünsche ich mir, dass sie mit einer durch nichts zu beeinträchtigenden Würde voranschreitet, ohne sich umzusehen. Das konnte sie gut, glauben Sie mir. Sie war eine andere Frau.

Meine Eltern hatten einen Laden. Sie verkauften Morgenmäntel, Bettvorleger und Mohairdecken, sehr schön und ziemlich teuer, ihre Kunden hatten Geld.

Mit den rosa Morgenmänteln für kleine Mädchen spielte ich Prinzessin. Kaschmir und Schafwolle, so warm, dass ich immerzu schwitzte, deshalb roch das Warten auf den Märchenprinzen süßlich nach Schweiß, so ähnlich wie

Cannabis. Damals wusste ich noch nicht, dass der Duft des Märchenprinzen der Geruch des Verbotenen war. In den Märchenbüchern war der Prinz unweigerlich blond und trug einen lächerlichen Hut, er war so fade und altbacken, wie die Liebe gefährlich und grausam. Er sah nicht aus wie ein Mörder. Er sah aus wie ein schlecht verkleideter Bauernjunge. Ich spielte nicht mit dem Prinzen von den Illustrationen. Ich spielte mit einer Gestalt, die ich anhand des Textes erfand. Ich hatte damals schon begriffen, dass wir uns des geliebten Wesens bemächtigen, um es zu verfremden und zu formen. Und so beginnt der Kampf: Eines Tages widersetzt sich die Gestalt und entkommt. Und ihre Freiheit zerreißt uns.

NACHDEM ICH DAS GESPRÄCH mit meiner Mutter beendet hatte, kam ein Vogel auf meinen Balkon. Wenn sie tot gewesen wäre, hätte ich gedacht, er sei von ihr gesandt. Oder sogar, er *sei* sie. Warum nicht? Das hätte mich natürlich gerührt. Und verwirrt. Wenn sich dieser Vogel auf meinen Balkon gesetzt hätte, nachdem meine Mutter gestorben wäre, hätte ich gedacht, sie kommt, um sich zu entschuldigen, weil sie mir gesagt hat, dass sie mich in Tschechow nicht mag. Diese fiktive Entschuldigung hat mich beruhigt. Ich habe Musik aufgelegt. Ein bisschen Chopin. Finden Sie es nicht auch entsetzlich, wie gedankenlos man Musik auflegt, anstatt sie zu hören? Hier auf dem Bahnhof geht es auch bald los, sie werden laszive Töne aus den Lautsprechern quellen lassen, wie falsche Schlangen, und wir werden das Gift einatmen, ohne es auch nur zu merken.

Unter der Dusche erreichten mich die Präludien nur mit Unterbrechungen, fast so, als hätte Martha Argerich die Krankheit meiner Mutter und würde jede zweite Notenzeile vergessen. Der Klang des Klaviers mischte sich mit dem auf die Fliesen prasselnden Wasser, eine vergängliche Flut. Trotzdem genoss ich die von misshandelten Präludien

dien begleitete heiße Dusche; ich weiß nicht mehr, ob ich gelacht habe oder singen wollte, jedenfalls habe ich irgendwann den Kopf nach hinten gelegt und wäre beinahe erstickt. Ich bekam Wasser in die Luftröhre. Es floss durch die Nase wieder raus und verursachte starke Kopfschmerzen. Mich packte die Angst, bei der Abendvorstellung krank zu sein. Ich stieg aus der Dusche, nahm eine Euphonpastille zuckerfrei und kochte mir einen Kräutertee mit Honig und Zitrone. Chopin stellte ich kurzerhand ab. Ich hatte keinen Sinn mehr dafür.

Wenn ich spiele, habe ich vor allem Angst. Krank zu werden. In der Metro steckenzubleiben. Meinen Text zu vergessen. Keine Stimme mehr zu haben. Vorher zu viel an die Abendvorstellung zu denken und meine Energie und Konzentration zu verlieren. Vor der Abendvorstellung zu entspannt zu sein und meine Energie und Konzentration zu verlieren. Der Moment der Vorstellung löscht alle anderen aus, saugt sie ein wie ein schwarzes Loch. Der Tag ist eine ständige Spannung hin zu diesem Lichtmoment. Das Theater ist gefährlich, das ist seine einzige Konstante, aber ohne Gefahr ist das Leben nur ein weites Feld der Langeweile. Tschechows Helden unternehmen Selbstmordversuche oder Liebesversuche, um die ausgetretenen Pfade der Enttäuschung und der Klarheit zu verlassen. Lieben oder sterben wollen, eigentlich ist es dasselbe: der Wunsch, woanders zu sein.

Und so ging es weiter mit meinem normalen Tag, meinem ruhigen Vormittag. Während ich den kochend heißen Kräutertee trank, sah ich nach meinen Mails. Zwischen diversen Werbebriefen und Petitionen, die in der Nacht gekommen waren, war die von Joseph. Er schickt mir mit entmutigender Regelmäßigkeit jede Nacht eine Mail. Joseph ist ein Romanautor, der wenig verkauft, aber dank der vielen Stipendien und *Instituts français* viel reist. Er ist mein Liebhaber, mein Gefährte, mein Freund, alles Begriffe, die bedeuten, dass es keine Liebe ist. Seit ein paar Wochen ist er in China.

Gestern früh sprach aus seiner Mail eine schlechte Laune, die ich unangemessen fand. Nach einigen Fotos (Brücken, immer Brücken, Häuser im Bau, riesige Bibliotheken, aber auch diesmal kein Gesicht, keine menschliche Gestalt) und ein, zwei dezent ironischen Bemerkungen über die Chinesen schloss Joseph so: »Kann man sich vorstellen, dass man in China keinen Tee kriegt? Kannst du dir vorstellen, Nelly, dass dieses Hotel morgens nur Kaffee oder warmes Wasser serviert? Ich mag keinen Kaffee, also bin ich dazu verdammt, warmes Wasser zu trinken! Du kannst dir vorstellen, wie munter mich das nach einer schlaflosen Nacht macht. Meine Laune ist hundsmiserabel. Sei umarmt.«

Ohne das »Sei umarmt« hätte die Tirade über das warme Wasser ja amüsant sein können, oder? »Meine Laune ist hundsmiserabel« und andere Bemerkungen hätten als Selbstironie durchgehen können. Aber kann man sich vorstellen, dass ein Mann von vierundfünfzig Jahren tatsächlich hundsmiserabel gelaunt ist, weil er auf seinen Tee verzichten muss, und dass er seinen Brief mit diesem fehlenden Tee abschließt? Hätte er nicht noch ein paar zärtliche oder erotische Worte hinzufügen können? Aber Josephs Liebesworte gleichen Befehlen. Er sagt so seltsame Sache wie »du hast mich«. Oder »wir beide, das ist gut«, mit einem Außenblick auf unsere Beziehung, als bewerte er sie, anstatt sie zu leben. Joseph ist ein Romanautor, der sich für einen Monarchen hält. Er erfindet nicht nur Romanfiguren, er erfindet auch die Menschen, die ihn umgeben. Er spricht von mir in Worten, die allem widersprechen, was ich bin. Er findet mich abwesend und zerstreut, obwohl ich zwanghaft und starrköpfig bin. Er will in mir ein ätherisches Wesen sehen, das ihn niemals erschrecken wird. Die Frau, die hier sitzt und Geständnisse macht, würde ihm nicht gefallen, o nein, kein bisschen würde sie ihm gefallen. Zu viele Worte und zu wenig Schamgefühl. Er hat immer schon Heuchelei mit Eleganz verwechselt.

Ich beschloss, ihm nicht zu antworten. Zu tun, als würde ich ihn nicht kennen. Ich wiederholte die ersten Repliken meines Textes:

»*Diese arme Mutter blablabla, als ob sie nur die Mutter von uns drei unehelichen Kinder wäre … dieser Dreckskerl!*«

»Herr Direktor, im Namen dieser beiden kleinen Geschöpfe flehe ich Sie an … oh mein Gott …«

»*Schauen Sie diese Frau an, Herr Direktor! Schauen Sie!*«

»Nein, nein! Oh Gott, hör auf!«

»Sie sollen dich sehen!«

»Oh Herr Direktor, ich bitte Sie, lassen Sie nicht zu, was dieser Mann vorhat! Es wäre schrecklich für mich!«

»Ich weiß überhaupt nicht mehr blablabla. Das ist also ihre Frau? Ja blablabla Lachen Sie nicht usw. ein Mann, der eigentlich hier sein müsste.«

»Nein, nein!«

»Zu seinem Glück ist er tot usw. Aber dass er nicht hier ist, liegt nicht an seinem Tod. Blablabla. Und ihre wirkliche Tragödie sind diese vier Kinder von den zwei Männern, die sie gehabt hat.«

»Ich habe sie gehabt? Du hast die Stirn zu sagen, dass ich es war, die sie gehabt hat –, so als ob ich sie mir gewünscht hätte (Herrgott). So als ob ich sie gewollt hätte! (Gewollt, so als ob ich sie gewollt hätte). Er war es, Herr Direktor, er hat mir den anderen aufgenötigt! Er hat mich gezwungen, gezwungen, mit ihm davonzugehen! So als ob ich sie ... gewollt hätte!« Gewollt ... Gewollt ...

Es ging nicht. Ich dachte ständig an Joseph. Ich bürstete meine Haare, stellte die Waschmaschine an ... Joseph existierte immer noch, und er hatte immer noch diese Mail geschickt. Ich ließ jenseits der Meere einen Menschen existieren, der inzwischen wohl schlief und diese mürrische Äußerung eines verwöhnten Kindes vergessen hatte, er, der die Reflexe des Sohns aus gutem Hause im Blut hat. Diese zahme Auflehnung.

In Wirklichkeit versuchte ich nicht, ihn zu vergessen. Sondern meinen Ärger. Ich nahm es mir übel, mich mit so wenig zufriedenzugeben. Ich nahm es ihm übel, nur er selbst zu sein und so wenig bedrohlich. Ich suchte eine Ruhe, die ich hasste.

Ich würde gern lachen. Ich sollte lachen, wahrhaftig … Über alles, was ich gestern noch im Griff hatte, worüber ich grübelte, wo ich doch genau wusste, wer dieser Mann war, »Joseph, der Schriftsteller«, und wie das Leben mit ihm verlief, so verschwommen, dass nichts mich verletzen konnte; die Tage folgten aufeinander wie eine riesige Lücke, ich bewegte mich nicht vorwärts, machte nur weiter. Und indem ich weitermachte, glaubte ich zu leben.

Wie machen es eigentlich die anderen? Die überzeugt sind, dass sie *niemals* die Nacht auf einer Bank verbringen werden? Die seit vielen gleichförmigen Jahren vom anderen einfach nur das erwarten, was er geben kann? Sie sind geduldig und leben kümmerlich nach einem unverbrüchlichen Gesetz: Mit der Zeit gewöhnt man sich aneinander, wenn man sich schon nicht liebt. Als Lohn für so viel Geduld und Kompromisse, für solche Mühe und Nachsicht wird man dem anderen eines fernen Tages unverzichtbar, ohne ihn je geliebt zu haben.

Man akzeptiert die Nebenrolle.

Diese Demütigung.

UNTER UNS GESAGT, ich weiß genau, woran mein Vater dachte, wenn er allein am Wasser entlanglief, während seine drei Kinder in den Wellen spielten. Und ich wusste es damals auch. Irgendwie. Wir waren für ihn das Produkt seiner Feigheit. Armer junger Mann, erschreckt von sich selbst, Ladenbesitzer und Vater einer kinderreichen Familie. An Krebs gestorben, er, der nie seinem eigenen Rhythmus gefolgt war.

Meine Mutter erwähnt ihn nie. Er war ein Mann, den sie vergeblich geliebt hat, durch den sie ihre Arme gestreckt hat, ohne ihn zu umarmen. Erinnert sie sich an ihn? An sein Gesicht, seine Angst, seine unendliche Traurigkeit?

Mein Gesicht hat sie noch nicht vergessen. Ihre eigene Mutter hatte ihres vergessen. Ich war noch ein Kind, als ich hörte, wie meine Großmutter mit ungespielter Höflichkeit *Guten Tag, Madame* zu ihr sagte. Maman wäre fast in Ohnmacht gefallen, das habe ich genau gesehen. Sie hätte sich beinahe aufgelöst, im Moment, als ihre Mutter sie nicht mehr erkannte. Ein Geschöpf ohne Schöpfer. Ich weiß, dass ihr Gedächtnis eines Tages erstarren wird, wie nicht erneuertes Blut. Das sie langsam vergiftet.

Werde ich Joseph eines Tages vergessen? »Keine einzige Seite wird bleiben von dieser Arbeit, er ist völlig unbekannt, ein Nichts! Eine Seifenblase.« Nachdem ich seine Mail gelesen hatte, ist mir diese Replik aus *Onkel Wanja* eingefallen, und ich war schon dabei, sie ihm zu schicken. Aber ich habe es nicht getan. Wie kann man zu jemandem grausam sein, den man nicht liebt? Es ist so egal. Was von uns bleibt. Was wir wirklich getan oder versucht haben werden. Ich bin siebenundvierzig und warte immer noch darauf, dass mein Leben anfängt. Aber anscheinend ist es schon passiert. So sagt man mir. Schöne Kinder. Schöner Beruf. Kein Krebs. Keine Tragödien. Man beglückwünscht mich. Manchmal applaudiert man mir abends. Man wird mir nicht mehr applaudieren.

Gestern bin ich rausgegangen, um durch Paris zu laufen, und kaum war ich draußen, habe ich die Stadt aufgenommen: ihren Geruch nach Teer und frischem Holz, ihre scharfe Kälte, die plötzliche Schwärze der Metroeingänge und das Pfeifen des Windes in den hochgezogenen Ladengittern. Die Bewegungen waren gegensätzlich, die Geräusche kreuzten sich, und so viele Leben schlängelten sich hindurch. Paris ist ein riesiges Rendezvous. Wir wissen nur nicht, mit wem. Es ist ein Zufallsrennen, gebremst durch unvermeidbare Zusammenstöße. Wände. Atemlosigkeit. Und reihenweise Stürze.

Sie haben es sicher schon begriffen, da war ich noch unschuldig, und ich bin rasch gelaufen, voller Lust, den Tag anzustoßen, etwas aus ihm auftauchen zu lassen, wie man einen Baum schüttelt, damit die Früchte herabfallen, oder wie man einfach tanzt, die Arme hochgestreckt und mit geschlossenen Augen. Ich war voller Freude. Ich ging zum Theater. Ich war draußen, und die Stunden folgten mir, also ging ich zwangsläufig zum Theater, und ich trug diese Freude wie einen geheimen Schatz. Mir war etwas Unglaubliches verheißen, das so wenigen gewährt wird. Die Abendvorstellung. Noch besaß ich dieses Privileg.

Vor der Bäckerei in der Rue du Faubourg-Saint-Antoine wusste ich, dass ich ihn treffen würde, und ich habe ihn getroffen. Den alten, dunkelhäutigen Mann. Sobald ich ihn erkannte, versuchte ich, woandershin zu sehen, aber er hatte mich schon ertappt. Ich hatte die Augen zu spät abgewendet, also ist der alte, dunkelhäutige Mann mit seiner ewigen Frage auf mich zugekommen, die er so leise stellt, dass ich nicht weiß, ob ich sie höre oder mich daran erinnere: »Haben Sie vielleicht meine kleine Schwester gesehen?« Ich bin schnell weitergegangen.

Ich frage mich, was er sagen würde, wenn ich eines Tages bei ihm stehenbleibe, wenn ich eines Tages nicht schnell weitergehe. Vielleicht ist seine Geschichte dann ganz glaubhaft, vielleicht gibt es wirklich einen Weg, seine kleine Schwester wiederzufinden. Aber ich habe Angst, stehenzubleiben und ihm zuzuhören. Ich habe Angst vor dem, was seiner kleinen Schwester zugestoßen ist.

Dabei wiederhole … wiederholte ich genauso wie der

dunkelhäutige Alte jeden Tag dieselben Sätze, im selben Moment, am selben Ort. Geste. Bewegung. Replik. Schweigen. Blick. Replik. »Herr Direktor, im Namen dieser beiden kleinen Geschöpfe flehe ich Sie an ... oh mein Gott.« »Nein, nein! Oh Gott, hör auf!«

»Haben Sie vielleicht meine kleine Schwester gesehen?« Wäre es normaler, die Frage jeden Abend auf einer Theaterbühne zu stellen als jeden Morgen vor einer Bäckerei? Gibt es Orte, wo die Inbrunst nicht mehr Wahnsinn ist, sondern einfach eine Bitte? Macht Theater das möglich? Die Bitte zu wiederholen?

Gestern Vormittag war die Straße in blaues Licht getaucht, das sich ausbreitete, der Horizont war sehr hoch, sehr weit, es hätte der erste Tag des Jahres oder der großen Ferien sein können. Es war ein Spätvormittag, an dem man Lust hatte, Entscheidungen zu treffen, neue Dinge zu beschließen. Der Himmel machte es möglich. Und ich hatte Lust zu laufen und ihn anzuschauen, seinem Leuchten standzuhalten. »Sieh mich an, wenn ich mit dir spreche!« Ich dachte, dass er mir das vielleicht befahl, ich habe gelacht und wäre beinahe gegen eine Parkuhr gelaufen, ich habe Schulmädchen kichern gehört, auch das Wort »bescheuert« habe ich gehört. Ich habe es auf mich bezogen, war beleidigt und habe mich geärgert, beleidigt zu sein, dann wollte ich wieder anfangen, mit der Nase nach oben, den Augen am Himmel zu laufen, aber es hat keinen Spaß mehr gemacht. Es war vorbei. Und die Rue du Faubourg-Saint-Antoine war so, wie ich sie kenne. Lang. Sehr lang und immer belebter, je näher ich der Bastille kam. Aber das Wort »bescheuert« ist geblieben. Es ist geblieben, ich weiß es. Weil ich es behalten habe.

ICH HABE MICH MIT FABIENNE in der Rue des Rosiers im Loir dans la Théière getroffen, chaotisches Ambiente mit elegant zusammengewürfeltem Mobiliar, wo einem die Kellner mit gespielter Überraschung und Exzentrik irgendeinen Tisch zuweisen. Fabienne ist nicht exzentrisch. Sie ist konkret und entschlossen. Ich habe mit wohlwollender Neutralität zugehört, was sie vom Studium ihrer Kinder erzählte. Am Anfang hat mir ihr Plappern gutgetan. Wirksamer als das Radio, um mich von meinen Obsessionen abzulenken. Ich habe jedes Wort verstanden. Anträge ausfüllen, Beurteilungen und Vorstellungsgespräche, der Preis für ein Studentenzimmer, die Größe des Fernsehers in einem Studentenzimmer, der Stolz, die Dinge mit dem Kind zu erledigen, ihm noch zu helfen, in seinem Alter, mit fünfundzwanzig, die Unterschrift der Eltern unter dem Mietvertrag, die Kautionsschecks und die bei Darty und IKEA und das Bahnabonnement, damit der Student am Wochenende mit seiner schmutzigen Wäsche und seiner Müdigkeit nach Hause kommt.

Aber nach einer Weile hatte ich in diesem Psalm von Floskeln, die mit übertriebener Emotion ausgestoßen wurden, plötzlich das Gefühl, gekidnappt zu werden. Fabienne zwang mich, als Leerstelle zu existieren. Dem, was keine Grundlage hat, eine zu geben; und plötzlich habe ich alles bedauert. Meine Anwesenheit. Den Ort. Das Essen, das ich bestellt hatte. Ich spürte, dass ich den Boden unter den Füßen verlor, dass ich mich auflöste, anstatt mich der Stunde der Vorstellung zu nähern, dass ich im Strudel der leeren Worte gefangen war. Fabiennes Rede blies mein Gehirn auf wie eine Luftmatratze, Luft, Luft, Luft, sie redete und bediente die Pumpe, Luft, Luft, Luft, ich legte die Stirn in die Hand und schloss die Augen, ich hätte gern geschlafen. Plötzlich vernahm ich ein Schweigen. Kurz, aber real. Mühsam hob ich den Kopf, unendlich erschöpft. Fabienne hat mir die Hand auf den Arm gelegt und gesagt, sie müsse mir etwas gestehen. Am Klang ihrer Stimme habe ich gemerkt, dass es diesmal kein leeres Gerede sein würde. »Ich habe nichts von dem Stück verstanden und Jean-Jacques auch nicht. Bitte entschuldige, aber wirklich, kein bisschen.« Das fand ich toll. Darauf hatte ich gewartet. Endlich zur Sache zu kommen! Von dem Einzigen zu sprechen, was sich lohnt: dem Stück. Mein glückliches Lächeln beruhigte sie, und sie hörte mir mit einer Aufmerksamkeit zu, die nur durch ihre Verzagtheit verdüstert wurde.

»Ich spiele eine Person, eine trauernde Frau …«

»Die Mutter, das habe ich verstanden, ihr seid sechs Personen und sucht einen Autor.«

»Ja. Und diese Mutter trägt ein Drama in sich …«

»Aber warum sucht ihr einen Autor? Ihr seid doch schon da, oder? Mit dieser Geschichte von Inzest, Prostitution und Selbstmord, also wirklich!«

»Wirklich was?«
»Lustig ist das nicht.«

Ich habe die Hand gehoben, um einen Lapsang Souchong zu bestellen. Bis 15 Uhr trinke ich Tee, um munter zu werden, danach verzichte ich auf jedes harntreibende Getränk, Tee, Kaffee, ausgeschlossen, ich habe zu große Angst, dass ich pinkeln muss, wenn ich spiele.

»Ich habe heute früh eine Mail von Joseph bekommen.«

Fabienne strahlte, als hätte man einen Scheinwerfer auf ihr Gesicht gerichtet. Sie hüpfte sogar kurz auf ihrem Stuhl. Sie wurde ganz gierig. Ich beschloss, sie nicht zu enttäuschen und ihr zu geben, was sie erwartete: Gefühl. Aber lebhaft, optimistisch, in munterem Tempo vorgetragen, so rein wie ein Jodler. Ich spielte die verliebte Debütantin, die frisch betörte Sentimentale. Ich habe mit freundlichem Spott von Josephs letzter Mail erzählt: vom Fehlen des Teebeutels und dem warmen Wasser. Ich habe es mit gereizter Zärtlichkeit erzählt, wie manche Frauen von ihren Männern reden, um zu zeigen, wie sehr sie sie lieben und ertragen, das eine geht nicht ohne das andere, dieses mütterliche Mitleid, aus dem sie vielleicht eine gewisse Erotik oder Überlegenheit schöpfen. Ich war nicht natürlich, aber wer ist das schon? Ich bin in dieses andere Ich geflüchtet (die Frau, die seit kurzem eine Beziehung zu einem Mann hat, der) und hätte beinah selbst daran geglaubt. Fabienne hätte beinah von dem gesprochen, was ärgerlich ist, ich meine, was mir wirklich wichtig gewesen war, aber angesichts meines finsteren Blicks hat sie den Mund zugemacht und nur etwas Luft geschluckt. Vielleicht hätte ich es in dem Moment begreifen müssen. Der Tag war anders. Dieser Tag bot Ausblicke ins Unaussprechliche.

Ich kam auf Pirandello zurück. Aus Treue zu dem Meisterwerk. Aus dem Wunsch nach dieser Zuflucht.

»Die sechs Personen wurden vom Autor auf die Welt gebracht, aber dann hat er sie abgelehnt. Verstehst du ihren riesigen Schmerz: zu existieren, ohne leben zu können?«

»Ja. Das heißt.«

»Das heißt was?«

»In Tschechow hast du mir besser gefallen.«

Ich hatte es plötzlich eilig, zum Ende zu kommen. Nicht um Fabienne zu verlassen, sondern um zu mir zurückzufinden. Sie redete immer weiter, und die Zeit verging, die Stunde der Vorstellung rückte näher, auch die, zu der ich ins Theater musste. Immer viel zu früh, weil ich vorher nichts mehr mit mir anzufangen wusste und weil es dann besser ist, die Angst in der Garderobe abzulegen, die ihr Altar ist, als sie durch Paris, durch Cafés, Geschäfte, Museen zu schleppen, die sie weder empfangen noch aufnehmen können. Ich hatte es eilig, das Restaurant zu verlassen, nicht mehr dazuzugehören.

Wir haben uns auf der Straße verabschiedet, vor einer der Luxusboutiquen, von denen es im Marais so viele gibt, als würde man in diesem Viertel nur noch ans Anziehen denken. Teuer. Nicht übertrieben, aber trotzdem. Teuer an der Grenze des Anstands. Es ist geradezu obszön, so auf den Geistern dieser Straßen herumzutrampeln, als wäre niemand mehr da, kein Leben, nur noch Flughafenauslagen. Die schiefen Häuser, die Schulhofgitter – ausrangierte Kulissen, ersetzt durch neuen Klinker und Luxuswaren. Und dieser Ort, der all dem mit der Demut der Verwurzelten widersteht.

Ich schaute wieder zum Himmel, als erwartete ich, dass etwas herunterfällt. Er war blass, geradezu anonym, und ich hatte Lust, daran erinnere ich mich, ich hatte in genau dem Moment Lust, jemanden zu lieben. Es war ein flüchtiges Gefühl, wie ein kurzes Unwohlsein. Die Lust, in den Armen eines Mannes gehalten, von jener Kraft umfangen zu werden. Der Kraft, die sich ohne Vorwarnung erschöpft, und dann …

Ich überquerte die Rue de Rivoli und ging an der Seine entlang. Über den Ausflugsbooten schrien die Möwen. Paris trägt die Verheißung des Meeres in sich. Eines bewegten Meeres, das man erwartet und dessen Rückkehr einer Invasion gleicht. Jede Rückkehr ist eine Invasion. Jeder, der zu dir zurückkommt, trägt die Möglichkeit des Umsturzes in sich.

Das Meer meiner Kindheit flieht nie. Mein Vater stieß sich an diesem Mittelmeer ohne Ausflucht. Nachdem er lange am Strand entlanggelaufen war, forderte er uns auf, nach Hause zu gehen, nur um uns folgen und sich selbst entkommen zu können. Mein Vater liebte Männer. Wir, seine Kinder, waren der lebende Beweis für seine gesellschaftliche Anpassung. Wir waren seine Niederlage. Wir waren die Verkörperung einer normgerechten Sexualität. Wir waren eine lebende Werbung für den Schutz der Familie. Genau das waren wir: eine Ausflucht.

Dann setzte ich mich auf eine Bank auf der Île Saint-Louis, unten, ganz nah am Wasser. Es roch ein bisschen nach Pisse, Petroleum und feuchtem Stein. Durch die kahlen Bäume sah ich die Rückseite von Notre-Dame. Die Kathedrale verströmt Einsamkeit und große Würde. Trägt stumm an ihrer Geschichte. Sie wirkte so nah und so fern. Jahrhunderte der Geduld, der Hoffnung. Und Aufstand. Gegen den Himmel und seine Vertreter auf Erden.

Ich habe lange dort gesessen. Sitzende Frau, bereits dort. In Gedanken habe ich das Stück, meine Bewegungen und Repliken wiederholt und visualisiert. Ich spiele die Mutter, die den Schmerz in sich trägt wie andere das Leben oder die Vergebung. Eine Verkörperung des Kummers. Bei der Sonntagsmatinee hatte ich sie zu niedergeschlagen gespielt. Ich hatte den Text schlecht geatmet, hatte klein, eng gespielt. An diesem Abend würde ich die Kraft finden müssen, die einem der übermächtige Schmerz, das geschundene Dasein verleihen. Was für ein Hohn … Was für ein Scheitern!

Die Wiederholung meiner Rolle dämpfte das Lampenfieber. Ich fand den Rhythmus und die Betonung wieder. Vor allem aber tat ich etwas für das Stück. Genau das muss man tun. Nichts fühlt sich richtig an, was nicht der Abendvorstellung dient. Das Stück verlangt, dass man sich auch außerhalb von ihm mit ihm beschäftigt. Dass es eine ständige Begegnung ist, den ganzen Tag, all die Stunden, bevor sich der Vorhang hebt. Theater haben keine Fenster, sie sind wie Kirchen. Sie verbergen das Tageslicht und das Wetter, um uns von allem abzuschirmen, was außerhalb von uns ist. Nicht ohne Grund hat man Schauspieler früher heimlich begraben, nachts und ohne Sakramente. Kein Wunder, dass man Angst vor denen hatte, deren Arbeit die Genauigkeit der Gefühle ist. Die Wahrheit, die wir sonst so eifrig meiden, um nicht an all dem zu leiden, was wir in uns bewahren. An Unrichtigkeit und Wut.

Als ich da am Fluss saß, wusste ich noch nicht, dass das Theater an diesem Abend nicht nur die Gefahr der Vorstellung in sich tragen würde. Ich wusste nicht, dass ich beim Betreten der Bühne eine andere Gefahr entdecken würde. Wie eine Bombe unter einem Sitz. Und dass ich die Einzige sein würde, die sie sieht. In Gedanken ging ich den Weg durch: Startsignal, Lichtpunkte, Schweigen, Repliken, Bewegungen, Blicke … stumme Choreografie, Kontrolle von allem, was herauszuströmen scheint, woran aber nur die schreckliche Angst im Bauch spontan ist, dort, wo riesengroß das Herz schlägt. Und das, was man an Beherrschung braucht, um nicht zu zittern. Nicht zu fallen.

ALS ICH MIT DER GEDANKENPROBE fertig war, wurde mir kalt. Ich stand auf und lief los. Während ich am Ufer entlangging, hörte ich alles, was ich zuvor nicht mehr gehört hatte, als hätte eine diskrete Hand plötzlich den Ton aufgedreht. Irgendetwas knirschte in dieser unmöglichen Harmonie. Die Welt war auseinandergefallen, jeder rannte chaotisch durch die Gegend, vor der Voie Georges-Pompidou staute sich lärmend der Verkehr, und auf dem Pont Marie kontrollierte die Polizei eine Gruppe junger Männer und schnauzte sie an, sie sollten die Kapuzen abnehmen. Als wären die Kapuzen Waffen.

Um diese Zeit waren meine Kinder vielleicht schon zu Hause, also drückte ich am Mobiltelefon auf »Zuhause«, und Tom ging ran. An seiner Stimme hörte ich, dass er nicht allein war, ein oder zwei Schulfreunde standen neben ihm. Er hatte diese etwas zu laute und gleichgültige Stimme, wie manchmal zerstreute Erwachsene, und redete wie jemand, der etwas Besseres zu tun hat. Etwas anderes, als mit seiner Mutter zu reden. Mir gefällt sein Emanzipationsbedürfnis. Auch er übt seine Rolle. Die des Sohnes einer Mutter, die nie da ist, wenn er von der Schule kommt. Desjenigen, der gewohnt ist, für sich selbst zu sorgen, und

Haaallo sagt wie ein gestresster Erwachsener. Er gibt mir zu verstehen, dass ich nicht das Zentrum der Welt bin, was bilde ich mir ein? Das Theater als Religion, das Schauspielerleben, das alle anderen in den Schatten stellt, was glaube ich denn? Ich glaube, sie gehen fort. Alle beide. Tom und Louis. Ich glaube, sie wissen nicht, wie sehr sie schon von mir wegrennen, vor der ständigen Angst, die das Leben mir um sie macht. Ich glaube, sie wissen nicht, wie lange es dauert, groß zu werden und zu leben. Sie werden lieben, inbrünstig und ungeschickt, schmerzhaft und rettungslos, sie werden kämpfen und mich manchmal hassen, sie werden vor mir fliehen wollen, sie werden wiederkommen und wieder fortgehen, »fortgehen« ist das Wort, das am besten zu Kindern passt.

Tom ist fünfzehn. Er ist mein Ältester. Seit fünfzehn Jahren habe ich ein Kind. Und ich kann mir nicht vorstellen, wie ich vor ihm war. Ich meine: wie es war, ihn nicht zu kennen. Nein, ich kann es mir nicht vorstellen, es ist zum Verrücktwerden, wenn ich versuche, diejenige wiederzufinden, die ich in der totalen Ahnungslosigkeit eines Kindes war. Mit der Liebe ist es dasselbe. An einem Tag kennt man einen Mann nicht. Und am nächsten kennt man ihn plötzlich. Plötzlich, in einer Sekunde sieht man ihn und erfährt seinen Vornamen, man entdeckt sein Gesicht, und danach ist es zu spät, um zu vergessen, was man »eine Bekanntschaft machen« nennt. Eine »Bekanntschaft« rückgängig zu machen ist unmöglich. Und dann nimmt er allen Raum ein. Der Schmerz. Er nistet sich ein, ohne dass man es ahnt, beim ersten Blick, und wartet einfach, bis er dran ist, das ist er gewöhnt. Er ist immer der letzte Gast. Der Schmerz der Unmöglichkeit des Vergessens, das Leiden, eine Riesenhand, die dich festhält und noch zögert. Soll sie dich langsam ersticken oder mit einer einzigen Bewegung zermalmen?

Man kann schlechte Erinnerungen mit Elektroschocks aus dem Gedächtnis löschen. Eine Taxidermie, die uns den Anschein von Leben lässt. Aber ich will bewahren, was mich verletzt hat. Ich will das Bewusstsein des Schmerzes bewahren. Meine Reflexe des Überlebens. Des Misstrauens. Wie soll ich ohne das spielen? Mein Leben besteht aus diesen Schlachten, diesen widersprüchlichen Gefühlen, diesen Ungereimtheiten und Ablehnungen. Ich kann nicht entwirren, was mich erfüllt. Aber ich kann es wenigstens spielen … Wird man mich noch spielen lassen? Glauben Sie, dass das möglich ist? Vergebung? Gnade?

Für den Aufbruch zum Theater verlasse ich mich auf das Licht. Sein Nachlassen ist das Signal. Der Schleier, der sich langsam über Paris legt, als wäre die Stadt ein Käfig, bedeutet, dass ich losgehen muss. Es ist Zeit. 17.45 Uhr. Mehrmals auf meinem Telefon kontrolliert. Falls ich schlecht gelesen habe. Falls das Telefon nicht mehr funktioniert. Falls ich mich geirrt habe. Und die Panik, nicht nachsehen zu können, falls ich gerade telefoniere, wenn sich der Zeitpunkt nähert. Ich kürze das Gespräch ab, höre schon nicht mehr zu.

17.45 Uhr lässt mir viel Raum. Die Vorstellung beginnt

um neun. Aber das ist die Startzeit, die ich gewählt habe, sie zu überschreiten wäre, wie das Flugzeug zu verpassen. Zu früh ist nicht mehr zu früh. Es ist eine innere und verinnerlichte Zeit. Ich bin wie ein Hund, der die Leine in der Hand seines Herrn sieht und vor Ungeduld jault, die Freude mischt sich mit der unklaren Panik, der Verheißung, die sich im letzten Moment entziehen könnte.

Aber der Schleier hatte sich noch nicht über Paris gelegt, es waren die letzten Augenblicke, bevor sich alles ändert und mich die unruhige Freude ergreift, gegen den Strom zu existieren. Die privilegierte Angst, in Gegenrichtung zu leben. Sein Leben anzufangen, wenn der Abend kommt. Die Worte anderer zu sprechen. Das Drama zu entwickeln, exakt in der festgelegten Zeit. Die Macht zu haben, es auszufüllen.

In einem Café auf der Île Saint-Louis habe ich mir eine heiße Schokolade bestellt. Ein Moment, den ich mit anderen Frauen teile. Ein Moment als Zuschauerin der Rätsel ihres Lebens. Ich beobachte sie. Ich lerne sie. Vielleicht werden sie eines Abends ins Theater kommen und sich im erweiterten Leben der Heldinnen wiedererkennen. Wer weiß. Ich beobachte. Alles. Ihre Bewegungen. Ihre Haltung. Eine ausladende Geste oder ihre plötzliche Zügelung, die Wendungen des Körpers und der Gefühle, Tonlagen und Rhythmen, passend zur Haltung oder völlig davon abweichend, laute Stimmen in dünnen Körpern, gedämpfte und ängstliche Stimmen in gebeugten Riesinnen, die unbewusst Schönen und die lächerlichen Alten, die zu stark Geschminkten, die von den spitzen Stiefeln Verratenen, die von ungeschminkter Müdigkeit Verschönten, Frauen mit herrischem Blick, von geschmeidiger Vornehmheit, Frauen, die man gern als Schwarzweißfoto sähe, das Schatten und Linien veredelt, die ganz Kleinen, die Schrillen und die Heiseren, die Lustigen und die Aufdringlichen, die zu Langen, etwas Schlaffen, die an Stoffpuppen erinnern, die Verliebten, die vor sich hin summen, ohne es zu merken, die Enttäuschten, die rauchen und ihre Absätze auf dem Bürgersteig klappern lassen, die Tapferen, die schniefen und die Schultern hochziehen, die ewig Kichernden, die über alles lachen und denen alles egal ist, die Verträumten, die stolpern und das Pflaster um Verzeihung bitten, die Frauen, die sich die Nägel abkauen, in die Haare beißen, an der Innenseite ihrer Wangen knabbern, die wie ein Mann das Taxi heranpfeifen, die plötzlich drei Tanzschritte machen, die weinen, wenn sie Kirchenmusik hören, die sich verlieben, wenn sie Benjamin Biolay hören, alle, die schnell oder gemächlich leben, die die Welt wimmelnd, farbig, rhythmisch, überraschend, ewig machen.

Und die Verlorenen in den Bahnhöfen.

Die auch.

Gestern saß diese Frau am Tisch vor mir, neben einem stumpfen Spiegel und einer Plastikpflanze. Sie war allein. Mein Alter, vielleicht ein bisschen jünger. Schlicht und geschmackvoll, aber etwas altmodisch gekleidet. Sie wartete auf jemanden. Und ich wartete mit ihr. Ihr Fuß wippte unter dem Stuhl, ab und zu schoben sich ihre Lippen flüchtig und unkontrolliert zu einer abfälligen Schnute nach vorn. Als das Mädchen hereinkam, spürte man ihre mütterliche Erleichterung. Das Mädchen war sehr jung. Mager, verlegen und lächelnd setzte es sich ihr gegenüber. Die Frau wollte ihr eine Freude machen und hatte schon einen Crêpe bestellt, »mit Schlagsahne, das magst du doch, stimmt's?«. Dann sagte sie sanft, aber mit trockenem Mund:

»Täusche ich mich, mein Schatz, oder bist du im Moment ein bisschen … ein bisschen … verschlossen?«

Ich dachte, das ist die Mutter und sie ist sehr vorsichtig. Und auch, dass es eine schöne Idee ist, sein Kind einzuladen, um über das zu sprechen, was es quält. Und während der Kellner den Crêpe mit Schlagsahne auf den Tisch stellte, sagte das Mädchen:

»Nein … du täuschst dich nicht.«

Die Mutter warf den Kopf nach hinten, sie nahm Anlauf, da wollte sie hin, zu diesem Geständnis. Und sie fuhr mit derselben sanften und ausgetrockneten Stimme fort:

»Mir gegenüber bist du verschlossen. Und auch gegenüber deiner Großmutter bist du verschlossen. Wie eine Auster.«

Das Mädchen senkte den Kopf. Schnitt ganz kleine Stückchen Crêpe ab, ihr Löffel kratzte auf dem Teller, während die Mutter fortfuhr, sie hatte ihre Sätze vorbereitet, wie sie sie sagen würde, in welcher Absicht und in welcher Reihenfolge. Ihre Stimme blieb leise und angespannt, aber das Tempo beschleunigte sich etwas:

»Findest du das gerecht? Ihr wisst es doch, deine Schwester und du. Was los ist. Oder?«

Das Mädchen hat ein winziges Stück Crêpe in den Mund gesteckt. Man hätte meinen können, sie isst etwas Riesiges und Rohes, Essen für ein Tier mit kräftigem Gebiss.

»Antworte mir, mein Schatz. Du weißt, was los ist?«

»Ja.«

»Du weißt, dass dein Vater pervers ist.«

Das Mädchen schluckte sein winziges Stück Crêpe runter, die Mühe des Schluckens trieb ihm Tränen in die Augen. Es blinzelte sehr schnell.

»Es geht mir sehr schlecht«, fuhr die Mutter fort. »Ihr müsst mich unterstützen, deine Schwester und du. Es geht mir sehr schlecht. Ich sage es dir.«

Es gab einen Leerraum ohne Worte. Die Mutter kannte sich offenbar aus. Sie hatte gelernt, dass vor einem entscheidenden Satz ein Schweigen stehen muss. Nach diesem Moment stieß sie ihre Replik hervor:

»Bei wem willst du leben? Ich warne dich: Wenn du dich entscheidest, bei deinem Vater zu leben, bringe ich mich um.«

Ich dachte, das reicht! Die Szene verwirrte und belastete mich. Ich wollte nicht mehr durchlässig für die Welt sein. Ich wollte langsam am Ufer entlanggehen, ganz langsam, in meinem Rhythmus atmen, bis zur Zuflucht der roten Sessel. Weit weg von liebenden und mörderischen Müttern, von Leben, die von dem verpfuscht werden, was alle so beiläufig »Liebe« nennen.

ALS ICH DAS THEATER BETRAT, fiel Paris in sich zusammen. Draußen wurde alles zu Staub. Das Überflüssige, die Aufregung, die Hindernisse und Umwege. Ich betrat den Tempel der Poesie. In dem nichts uns erschreckt. In den man sich nicht einschleichen kann. Ich wusste nicht, dass ich meiner schrecklichsten Erinnerung gegenübertreten würde. Dass sie vor meinen Augen zum Leben erwachen würde. Ohne Ausflucht. Wie ein Ersticken.

An der Kasse versuchte eine Frau, sich ihre Karten zurückerstatten zu lassen. Ihr Sohn begleitete sie als lebendiger Beweis. Sie zeigte auf ihn, während sie Noémie, die Kartenverkäuferin, nervte. »Aber wenn ich es Ihnen doch sage, sie sind zu seinem Geburtstag! Ge-burts-tag! Und gestern, als er den Umschlag aufgemacht hat, habe ich gesehen, dass ich Karten für den 25. Januar gekauft hatte, also die Premiere, dabei ist er am 25. Februar geboren! Das war sein Geschenk! Sie können doch die Karten umtauschen. Schließlich ist es sein Geschenk!«

Ich winkte Noémie kurz zu und ging runter in die Theaterbar. All die Mütter, die ich getroffen habe, bevor ich die von Pirandello spielte! Und alle, die ich selbst bin, seit sich mir das unsichtbare Kind als »+« auf einem Teststreifen offenbart und mir alle Mutterrollen angeboten hat, unsichere Anfängerin oder unerschütterliche Göttin, stolze Erschöpfte, inzestuöse Kinderfresserin oder unsichere Liebende; immer aber Gratwandernde und ausgestattet mit unzerstörbarer Macht.

François, der im Stück den Vater spielt, war schon da. Unsere »Kinder« kommen immer nach uns, vor allem Estelle, die die Stieftochter spielt. Sie braucht diese Dringlichkeit: im letzten Moment aufzutauchen und gleich einzutauchen. Jeden Abend habe ich Angst, dass sie nicht kommt. Jeden Abend denke ich, dass ihre Verspätung die Vorstellung platzen lässt. Niemand außer mir, kein Schauspieler hat diese Befürchtung. Alex, der den Jungen spielt, lacht darüber und verspottet mich. Ich zwinge mich, ihn nicht dafür zu hassen und meine Bedrängnis zu verbergen, so gut es geht. Während ich auf Estelle warte, verspüre ich die gleiche Angststarre, wie wenn man auf dem Bahnsteig einen Reisegefährten erwartet, der nicht auftaucht. Der Zug fährt gleich los. Er ist immer noch nicht da. *Und er hat die Fahrkarten.*

François hatte gerade eine Anspielprobe mit Ewan gemacht, unserem Regisseur, dem er, wie er gesagt hatte, »etwas vorschlagen« wollte. An seinem gequälten und enttäuschten Blick sah ich, welche Antwort er erhalten hatte. Sein Vorschlag war verworfen worden. Er hatte offenbar hart gekämpft, aber nichts erreicht.

Wir spielen erst seit acht Tagen, eine ganz neue Arbeit, frische Farbe, ein unsicherer Start, den eine Meinung von außen zunichte machen kann. Eine einfache Bemerkung, die vielleicht als Kompliment oder hilfreicher Ratschlag gemeint ist, kann sich als katastrophal erweisen. Bei François heißt die Katastrophe unweigerlich Géraldine. Seine Frau. Ihre öffentliche Zusammengehörigkeit entschädigt sie für alles, was sie im Privaten nicht ist, wonach sie aber strebt: jemand darzustellen. »Die-Frau-von-François-Sandeau« zu sein stützt sie wie ein Korsett, verleiht ihr Sicherheit und ein fast schon provokatives Selbstvertrauen. Mit aggressivem Stolz und einem riesigen Hut auf dem Kopf spaziert sie durch die Theaterfoyers, damit man sie von weitem als »die-Frau-von-François-Sandeau-die-einen-Hut-trägt« erkennt.

Das ist auch eine der Gefahren des Montags, des spielfreien Tags: Géraldines kluge Ratschläge, die durch den Anspruch, einen Schauspieler retten zu wollen, ihre Unwissenheit über unsere Arbeit offenbaren, über die Dünnhäutigkeit, die ständigen Zweifel, die man mit niemandem teilen kann. Vielleicht kommen Ihnen diese Künstlerqualen lächerlich vor, die die Nachahmung des Lebens über das Leben selbst stellen. Was bedeutet die Empfindsamkeit eines Künstlers in einem schlafenden Bahnhof? Wen kümmert an diesem Ort der verirrten Seelen, der verachteten Landeier die Richtigkeit einer Intonation?

Ich stand vor François, er war verstrickt in seine Angst, gefesselt von der Ungerechtigkeit. Er hat beinahe geschrien:

»Géraldine hat recht! Von Anfang an habe ich gespürt, dass ich die Passage nicht überstürzen darf, von Anfang an! Ich finde Ewans Anweisung nicht richtig, das ist kein wütendes Plädoyer, eher ein fiebriges Zögern, sonst … Ich offenbare meine Angst zu früh. Hör mal, wie falsch das klingt, so überstürzt.«

Und mit unterdrückter Bosheit rasselte er seine Replik in einem Tempo herunter, die sie völlig unverständlich machte. Ohne Punkt und Komma, ohne Atemholen war der Text eine Folge von Stößen, die keinen Sinn ergaben. Ich ging hinter die Bar, um mir eine Flasche Wasser aus dem Kühlschrank zu holen. So früh ist der Barkeeper noch nicht da. Die Bar war geschlossen. Es war ziemlich dunkel. Ich sagte François, er solle die Passage nicht langsamer sprechen, Ewan habe recht. Es ist ein einziger Gedanke, der in einem Schwung herauskommt. Aber er ließ nicht locker. Gerade so, als wollte er ein Unglück verhindern.

»Man muss die Hemmung durch Langsamkeit ausdrücken. Das habe ich gestern gemerkt, als ich mit Géraldine geprobt habe.«

Und als müsse er die Dringlichkeit seiner Wahrheit beweisen, hat er seine Replik gesprochen und mir dabei in die Augen gesehen. Geradezu eine Geiselnahme:

»Für mich liegt das Drama darin, Herr Direktor: Mir ist bewusst, dass jeder von uns sich für ›Einen‹ hält, aber das stimmt nicht. Er ist ›Viele‹, Herr Direktor, ›Viele‹ entsprechend all den Möglichkeiten des Seins, die in uns liegen.

›Einer‹ für diesen, ›Einer‹ für jenen, und alle völlig verschieden.«

»Sprich den Text. Sprich ihn und fertig. Mit den Atempausen, die dir Ewan angegeben hat.«

Er warf mir einen wütenden Blick zu, dann griff er nach der Zeitung vom Vortag, die dort herumlag, schlug sie mit einer theatralischen Geste auf und sagte, Noémie wolle etwas von mir. Unwillentlich brachte er mich damit auf den Boden zurück. Ich antwortete, ich würde später gehen, Noémie sei mit einer »Scheiß Nervensäge« beschäftigt. So habe ich es gesagt, vulgär, ungerecht. Weil ich plötzlich selbst genervt war, weil sich bereits die Angst und die Lust zu spielen mischten. Mein letztes Lampenfieber. Mein letztes Glück. Und ich wusste es nicht.

»Warum machen wir diesen Beruf? Warum machst du diesen Beruf, François?«

Er zuckte mit den Schultern. Ich hoffte, er würde weder von Berufung noch von der Magie des Theaters sprechen.

»Verdammt noch mal, Zentralafrika! Hast du das gelesen? Ich mache diesen Beruf, weil mich die reale Welt ankotzt. Die reale Welt bringt mich um.«

Und dabei schlug er die Zeitung zu und sagte, er wolle sich in seiner Garderobe hinlegen. Ich spürte, dass ich für ihn zu dieser realen Welt gehöre und er mir nie verzeihen wird, dass ich ihn gegenüber Ewan nicht unterstützt habe. Seine Verbitterung macht ihn klein. Mit den Jahren wird er unmerklich zu dem seltenen Typ von Schauspieler, der beim Spiel von der Substanz zehrt und zur Entschuldigung seiner Faulheit auf seinen früheren Glanz setzt. Er wird banal, seine Leidenschaft kühlt ab, und sogar seine früheren Neurosen, die ständigen Qualen, die ihn an den Rand der Depression brachten, verwandeln sich in feinen Überdruss. Ich hätte mir gewünscht, dass er auf der Bühne die Lust und die Angst vor der Eskapade wiederfindet. Von mir aus durch eine Flucht aus der Wirklichkeit. Aber eine Flucht mit großem F.

Ja. Ja. Ich war meiner sicher und hatte auch eine Meinung zu allem und jedem. Ich war Eine. Und Viele. Wie Pirandello sagt. Eine Einzige. Und jetzt bin ich niemand mehr.

Ich blieb noch einen Moment an der Bar. Lauschte in die Stille, die bald den vielen Stimmen des Publikums weichen würde, das sich ebenfalls auf seinen Einzug vorbereitete, um den ihm zustehenden Platz einzunehmen und unseren Sätzen ihre Daseinsberechtigung zu verleihen.

In der leeren Bar hing der Geruch des Wartens, ein Geruch nach Bienenwachs, synthetischer Auslegware und schlechtem Wein. Plakate alter Theaterstücke mit den Gesichtern der Schauspieler, die man niemals jung gekannt hat. All die vergessenen Namen. Die Spuren, die sie an diesem Ort hinterlassen haben. Die Mühen. Lampenfieber und maßlose Freude. Kalter Schweiß auf ihren Rücken, durchnässte Hemden, das Zittern der Körper, ihre Präsenz im Licht. Und dennoch. Keiner von ihnen, egal, wie berühmt, einzigartig, virtuos, unvergesslich oder inspiriert er gewesen sein mag, keiner von ihnen hat seine Figur je erreicht. Und jeder wusste es. Jeder ist nach einem Leben anständiger Arbeit verschwunden, ohne zu begreifen. Denn die Rollen seines Lebens hatten eine größere Seele als das Leben selbst. Jeder Schauspieler ist verschwunden und vor dem Mythos zu Staub zerfallen.

Auf den vergilbten Plakaten mischen sich die Namen der berühmten Toten mit den legendären Rollen und spuken mit ihnen wie enttäuschte Geister durch die Theater. Ich spürte sie um mich herum, Nachhall und Ermutigung, und kam mir vor wie im Bauch des Theaters. Als hörte ich sein Herz schlagen. Wie das der in Stein gefangenen Liebenden. Ich bin nicht mehr zu Noémie gegangen. Es war zu spät, um an die Oberfläche zurückzukehren, ins Foyer, das Wind und Wetter offensteht. Viel zu spät. Und ich wusste nicht, welchem Opfer ich entgegenging.

IM KÜNSTLERFOYER ERZÄHLTE Gaël Ewan und den Inspizienten gerade von seinen Anfängen, seinem ersten Vorsprechen im Théâtre National de Strasbourg, wo Gérard Depardieu ihm die Stichworte gegeben hatte. Von der Großzügigkeit des Riesen angesichts seines Lampenfiebers, von der lähmenden Bewunderung. Alle lachten und warfen ihre eigenen Erinnerungen an Gérard ein, mehr oder weniger ausgedachte, von der Zeit entstellte Geschichten, die sich bei jeder Wiederholung aufblähen und am Ende zu Mythen werden.

Ich setzte mich hin und sah ihnen zu. Studierte sie wie nette Sonderlinge. Ich mag ihre Fähigkeit, immer noch über diese Märchen zu staunen, sich an diesen beruhigenden Beweisen ihres zerstückelten Lebens zu ergötzen. Dieses Bedürfnis, zu erzählen, um den Faden des Vergänglichen festzuhalten. So viele gespielte Stücke, so viele Theater, Züge, Städte, Hotelzimmer, in denen provisorische Familien entstehen. Heftige Liebschaften. Vergängliche Freundschaften. Echte und flüchtige Bindungen wie kurzes Auflodern. Schauspieler treffen sich mit aufrichtiger und hysterischer Freude und trennen sich mit jugendlicher Sorglosigkeit, den Kopf schon woanders, das Herz auf und davon.

Was uns vereint, ist zugleich oberflächlich und existenziell. Aber unser Leben spielen wir allein. Auf der Bühne. Da, wo wir unser Leiden genießen. Der Schauspieler lacht auf Kommando und stirbt zum festgelegten Zeitpunkt. Da ist jubelndes Entsetzen, tief in den Eingeweiden, dort, wo der Körper jeden Dorn dieser Zerrissenheit spürt, die unsere Macht ist. Doch wie viel Demut und Arbeit braucht es für das Wagnis, sie zu erreichen!

Wie viele alte, endlos wiedergekäute Anekdoten, nicht mehr besonders lustig und nicht sehr wahr, braucht es, um die von sich selbst erfüllten Künstler zusammenzuschweißen? Wie viele beeindruckende, wenn auch erfundene Geschichten, um sich vor dem Tanz auf der glühenden Asche ein, zwei Stunden lang für die Herren der Welt zu halten! Plötzlich werden sie zu oberflächlichen Komödianten, heucheln Begeisterung füreinander. Mein Lieber! Teuerste! Du siehst toll aus, sag mal, bist du verliebt? Wer ist der Glückliche? Wahrhaftig, meine Beste, die schönsten Augen von Paris, wenn ich nicht schwul wäre, oh, là, là! Komödianten voll verzweifelter Eleganz. Zu feste Umarmungen. Ein, zwei Stunden erdichtete Anekdoten, gerührtes und ansteckendes Lachen. Eine Prise Flegelei. Garderobenanzüglichkeit. Man berührt sich. Man mischt sich. Provoziert ein bisschen. Ein holpriger körperlicher Zusammenstoß. Schon voller Furcht. Kennen Sie das nicht auch, dieses gekünstelte Wiedersehen und die gezwungene Freude? Sie geben den Unsichtbaren und den schuldigen Bettlern Halt. Sie sind das Zeichen unserer Not und unserer Brüche.

Allmählich leert sich das Künstlerfoyer. In den Plastikbechern noch ein Rest Kaffee und ein paar Kippen. Das zerrissene alte Sofa sieht aus wie eine unnütze Requisite. Getränkerechnungen und aufmunternde Zettelchen mit kleinen gekritzelten Herzen, »Hals und Beinbruch, meine Süßen!«, fliegen beim Vorbeieilen der einen oder anderen auf, Windstöße, die immer seltener werden. Ein sterbender Vogel. Man ruft noch etwas von einer Garderobe zur anderen. Borgt sich einen Lippenstift, Nähzeug, Nagellack. Dann nichts mehr. Nur noch Stille. Eine große Stille, die sich über den geheimen Teil des Theaters ausgebreitet hat.

Sicher hat die Bar inzwischen aufgemacht. Sie brummt und erneuert sich. Im Foyer brennen alle Lichter. Grelles Licht. Das keine Ausflucht mehr lässt. Die Zeit hat endlich alle unnützen Stunden verschlungen, und jetzt ist es zu spät, um sich noch zu entziehen. Das Rendezvous steht bevor.

Das Kleid der Mutter ist schwarz. Lang und gerade wie der Schmerz. Das spiele ich, eine Mater dolorosa. Solange ich den Schleier nicht auf mein Haar gelegt habe, kann ich es wie ein ganz normales Kleid tragen. Aber sobald ich die alte Geste ausgeführt habe, den Schleier auf mein Haar zu legen und ihn dann über mein Gesicht zu ziehen, bin ich vollständig angekleidet. Und es ist, als beugte ich mich. Die Angst wird beinahe unerträglich. Ich möchte gern Unsinn erzählen. Mich dieser feierlichen Angst entziehen. Und ich möchte es auch nicht. Ich bete, während ich den in Trouville gefundenen Stein ganz fest zwischen den Händen halte. Ich sage Kindergebete, aber ich könnte auch ein Gedicht oder ein Mantra aufsagen, egal. Was zählt, ist, dass ich nichts an den Gesten und der Reihenfolge der Gesten, den Worten und der Reihenfolge der Worte ändere. So wird die Zeit heruntergezählt. Während ich durch die Mithöranlage das Stimmengewirr der Zuschauer vernehme, die in den Saal strömen. Es kommt mir vor, als seien ihre Stimmen nicht für das Stück gemacht, als sei ihre Freude oberflächlich. Ich nehme ihnen übel, dass sie so viele sind. Das ist ein idiotischer Gedanke, ich weiß. Alles, was ich denke und spüre, ist von kindlicher Wut und Boshaftigkeit.

Dann kommt durch die Mithöranlage die Ansage des Inspizienten für das Publikum: »Meine Damen und Herren«. Die kurze Stille im Saal. Das erste Lauschen. In den Garderoben ist es wie ein Schnitt. »Bitte schalten Sie Ihre Mobiltelefone aus.« In den Garderoben ist es das Signal. Die Wahrheit. Das Unabwendbare. Nach der Ansage kommt Étienne, der Inspizient, uns holen. Und schon sind wir nicht mehr dieselben. Mein Lieber. Teuerste. Das ist vorbei. Die schönsten Augen von Paris. Zum Teufel damit. Dann hat Gérard zu mir gesagt, Du bist der Begabteste deiner Generation. Schluss mit den Lügen. »Hals- und Beinbruch!« Étienne, das Telefon am Ohr, wartet auf das Startsignal, um die erste Tür zu öffnen. Wir sehen ihn an, als verkörpere er die Kraft der Welt. »Können wir?« Er spricht leise, denn in diesem Moment hat er unser Leben in der Hand. »O.K.« Er sieht uns an. Ein Lächeln voller Ermutigung und sanfter Verzweiflung. »Hals- und Beinbruch!« Schmerzliche Zärtlichkeit, die Fürsorge einer Glucke. Er läuft vor uns her. Mit unseren schwarzen Kleidern, langen Mänteln, hohen Stiefeln, Schleiern, Hüten, feuchten Händen, gesenkten Augen, vorsichtigen Schritten durch das Halbdunkel, keine Stufe übersehen, nicht über die Kabel stolpern, kein Geräusch machen; der seltsame Zug der Empfindlichsten, die Durchquerung der Kulissen, geschärftes Bewusstsein für die Gefahr, Beherrschung des Atems. In dieser brennenden Stille, dieser Angst, die man fast greifen kann, liegen Jahrhunderte, alle Theater und die einzigartige Zeit der Gaukler, die langsame Prozession derer, die seit Urzeiten einfach anfangen. Eine Geschichte zu erzählen.

GENAU DAS WAREN GESTERN die letzten Augenblicke meines Lebens. Die mich hierhergeführt haben, neben Sie, auf die Bank in diesem Bahnhof, wo der Tag nicht anbrechen will. Vielleicht ist auch das vorbei. Der Wechsel von Tag und Nacht, die Logik des Uhrmachers. Hier wird die Zeit nicht mehr geteilt. Und diese Freiheit ist lähmend.

Gestern stand ich vor dem Saal und wartete. Auf der Bühne hatte das Stück begonnen, mit den Rollen des Inspizienten, der Schauspieler und des Direktors, den Gaël spielt. Ich hatte die erste Replik gehört: »He! Was machst du denn da?« So beginnt das Theater. Jemand, der nicht einverstanden ist, sagt etwas.

Wir, die sechs Personen, warten vor den Saaltüren. Wir werden durch den Saal hereinkommen, wie das Publikum, aber wir werden auf die Bühne gehen und unsere Geschichte erzählen, jeder mit seiner Wahrheit und seinem Leid, den Schauspielern unsere Geschichte erzählen und sie anflehen, diese Geschichte zu spielen.

Vincent spielt den Theaterdiener. Er begleitet uns, öffnet die beiden roten Samttüren, geht als Erster hinein, und wir folgen ihm. Ratlos und unsicher, wie Bettler. Er ruft Gaël:

»Verzeihung, Herr Direktor.«

Diese Replik ist wie eine Kugel in den Rücken. Das Publikum wendet sich um. Überrascht: Die Schauspieler sind hier, unter ihnen, die sich in Sicherheit wähnten. Die Ordnung der Dinge wird umgekehrt, das ist geradezu illegal. Ein Übergriff.

Gaël antwortet Vincent von der Bühne herab:

»Was gibt's denn schon wieder?«

»Hier sind Herrschaften, die nach Ihnen fragen.«

»Ich habe Probe! Sie wissen genau, während der Probe darf hier niemand rein. Was sind das für Leute? Was wollen sie?«

François nähert sich der Bühne, dem Licht.

»Wir sind auf der Suche nach einem Autor.«

»Einem Autor? Was für einem Autor?«

François rennt geradezu auf die Bühne.

»Irgendeinem, Herr Direktor.«

»Aber hier ist kein Autor. Wir proben kein neues Stück.«

Estelle folgt François auf die Bühne.

»Umso besser, umso besser, Herr Direktor. Dann könnten wir Ihr neues Stück sein.«

Jetzt gehe ich ebenfalls zur Bühne. Langsam, das kleine Mädchen an der Hand, gehe ich an den Sitzreihen entlang. Aber schon am Anfang des Dialogs von François und Gaël, bei den ersten Repliken. Habe ich ihn gesehen.

Den, der sich nicht umgedreht hat. Den Einzigen im Publikum, der sich nicht umgedreht hat. Um nicht entlarvt zu werden.

Den, der das Spiel nicht mitgemacht hat.

Ich habe ihn gesehen.

Im Parkett. In der Mitte der fünften Reihe – der ideale Platz. Das schwarze Haar und die beginnende Glatze. Das scharfe Profil. Der untersetzte Oberkörper. Das ist er.

Ich drücke die Hand des kleinen Mädchens zu fest. Ich spüre, wie ihr Arm sich widersetzt. Ich komme zur Bühne. Alex und David folgen mir. Wir spielen alle vier diese langsame Bewegung, das inszenierte Zögern. Ich zerre so sehr an dem kleinen Mädchen, dass es stolpert. Ich betrete die erste Stufe zur Bühne und halte dort inne, wie ich es tun soll. Ich höre Gaël und François, wie ein Echo. Mein Körper ist schlaff. Mein Herz aus dem Rhythmus.

Ich habe den Mann erkannt. An seinem verborgenen Gesicht und an allem, was er ausstrahlt. Gerade an der Hartnäckigkeit, mit der er sich nicht nach den Personen umgedreht hat, an diesem Widerstand. Das ist er. Und das Stück geht weiter:

»Tun Sie mir den Gefallen und verschwinden Sie! Wir können unsere Zeit nicht mit Verrückten vertrödeln!«

»Ist es nicht Ihr Beruf, Gestalten der Fantasie auf der Bühne lebendig zu machen?«

Ich habe das Gefühl, langsam im Wasser zu versinken, in einem durchsichtigen Raum ohne Dimensionen. Der Mann, der sich nicht umgedreht hat, ist der, der mich nicht den Kopf, nicht den Verstand, nicht die Vernunft hat verlieren lassen. Sondern meine ganze Lebenslinie.

Der Mann, den ich verlassen, ausradiert, begraben habe.

Ist da.

In den Repliken der Schauspieler und ihrem Schweigen, in jedem Atemzug. Diese Einmischung.

»Aber was wollen Sie damit sagen?«

Seine Anwesenheit überschwemmt das Theater, vom roten Fußboden bis zur bemalten Decke, den riesigen Lüster die aneinandergereihten Notausgangslampen die Scheinwerfer die Notausgänge die Rampe die Klappstühle die Galerie die zerrissenen Eintrittskarten den Atem der Zuschauer ihr Husten ihre Aufmerksamkeit ihre Zerstreutheit; überall ist dieser Mann. Wie ein Überfall.

»Nichts, Herr Direktor! Nur Ihnen klarmachen, dass man auf manche Art und in vielen Formen auf der Welt sein kann: als Baum oder Stein, als Wasser oder Schmetterling … oder als Frau … und dass man auch als Bühnenfigur geboren wird.«

Der Mann dringt in den geheimen Wald des Theaters ein. Erreicht mit seiner Ausstrahlung nacheinander Garderoben Foyer Schnürböden Arbeitsbrücken Galerien Versenköffnungen Seilrollen Schienen Rollenböden Rohre Schächte Setzstücke, alles, was hängt gleitet schwebt sich hebt verbirgt öffnet befestigt entfaltet schließt, überall. Kernschmelze.

Und ich höre François. Wie ein göttliches Urteil:
»Und wir sind lebendig, wie Sie sehen.«

Die Schauspieler lachen. Das ist das Zeichen. Gleich bin ich dran. François sagt: »Es tut mir leid, dass Sie so lachen, denn – das sagte ich Ihnen bereits – wir verkörpern ein sehr trauriges Drama …«

Ich bin dran. Sofort. Schlagartig. François zeigt auf mich, die Frau in Trauer, reglos auf der ersten Stufe: »… wie die Herrschaften schon an dieser schwarz verschleierten Frau erkennen können.«

Achthundert Zuschauer. Und ich. Achthundert Blicke in einem einzigen Blick, neugierige und unschuldige Erwartung: Wie wird es weitergehen? *Wie werden sie es uns sagen?*

François kommt zu mir, reicht mir die Hand. Ich betrete die Bühne, das Mädchen immer noch fest gepackt, der Sohn und der Junge folgen mir. Als wäre ich Viele. Gespalten. Geteilt. Nun bin ich ins Licht getreten.

ICH ERKENNE DIE STILLE WIEDER, die meinen Auftritt begleitet, den ich schon seit acht Tagen spiele. Jetzt sind wir alle auf der Bühne, und das Publikum weiß, dass es losgeht. Das Herz des Pirandello-Stücks. Die Konfrontation zwischen Schauspielern und Personen. Das Wesen des Dramas, das man nun offenbaren muss, der Schmerz, der gesagt und gehört werden muss. Und ich gehe langsam weiter, ich überquere die Bühne, das Gesicht unter dem Schleier gesenkt, die Schauspieler folgen mir mit ihren Blicken, wie die Zuschauer. Sie warten gemeinsam. Sie spielen das gemeinsam. Und der Mann in der Mitte der fünften Reihe ist wie eine Kerbe in dieser Einheit. Er ist der, der die Vorstellung umlenkt. Der sie verrät.

Die Schauspieler applaudieren der stummen und schmerzvollen Frau, ihrer feierlichen Scham. Sie haben Lust, sie zu hören. Sie zu sehen. Ich bleibe verschleiert und lange stumm. Vorläufig wird das Stück ohne mich gesprochen. Meine Beine schlottern, ich habe Angst, dass mein Schleier bebt, mein Herz klopft in meinem Bauch, in der Magengrube. Ich höre die aufeinander folgenden Repliken. Den unwiderruflichen und unveränderlichen Ablauf eines Stücks, das gespielt wird.

Estelle stellt sich gegen meinen ältesten Sohn, den stummen, ungeliebten Sohn, dann ruft sie mich zur Zeugin an, und die Mutter muss sprechen. Zum ersten Mal. Meine Stimme, zum ersten Mal. Ich fürchte sie. Meine Replik:

»Herr Direktor, im Namen dieser beiden kleinen Geschöpfe flehe ich Sie an …«

Ich kann nicht weiterreden. Die Mutter schwankt. Sie wird vor Schmerz die Sinne verlieren. François eilt herbei und stützt mich, er ruft:

»Um Gottes willen, einen Stuhl für diese arme Witwe!«

Ich schöpfe aus mir die Kraft, meiner Person die Schwäche zu geben, die sie wanken lässt. Aber das Innere meines Körpers zerfällt geräuschlos, wie eine langsame Kapitulation, und ich weiß nicht mehr, wer in mir ist. Wem diese Verzweiflung gehört. Ich weiß, dass die Mutter sich bald wieder aufrichten muss. Und dass ich es nicht kann. Ich habe das Gefühl, einen Unfall zu sehen, ohne ihn verhindern zu können. Verursacher und Opfer zu sein.

François steht vor mir, ich habe Angst, mich zu übergeben. Er versucht, meinen Schleier hochzuheben. Ich brülle:

»Nein, nein! Oh Gott, hör auf!«

Meine Stimme hallt in mir, meine Ohren sind verstopft, als würde ich implodieren. Ich habe ebenso viel Angst wie meine Person. Ich begreife die Weigerung der Mutter, denn es ist ein unerträglicher Gewaltakt, sein Gesicht zeigen zu müssen, wenn es das Gesicht des Leidens ist. Ich habe Angst vor dem Blick des Mannes in der fünften Reihe, ich widersetze mich. François sagt:

»Sie sollen dich sehen!«

Er hebt meinen Schleier. Ich verberge mein Gesicht, wie die Mutter es verlangt und wie auch ich es mir wünsche. Ein Gesicht ohne Lüge ist schlimmer, als nackt zu sein.

»Oh Herr Direktor, ich bitte Sie, lassen Sie nicht zu, was dieser Mann vorhat! Es wäre schrecklich für mich!«

Ich spreche, und der langsame Zerfall geht weiter. Die Mutter verschwindet. Die Panik nimmt ihren Platz ein. Meine Rolle entzieht sich. Und der Albtraum beginnt. Mein Gehirn erlangt Autonomie und Allmacht. Es beschließt, dass ich *das* nicht überleben kann: diesen Mann in der Mitte der fünften Reihe – der ideale Platz. Diesen Mann, dessen Namen ich seit sechs Monaten verschweige, dessen Existenz ich verleugne. Seine Anwesenheit, die meine vernichtet.

Mein Gehirn entscheidet und ergreift die Macht. Es beginnt seine Orchestrierung. Ohne zu zögern. Es lässt mich verschwinden. Zuerst die Füße und die Hände. Alle Gliedmaßen entleert es ihres Blutes. Meine Füße ziehen sich zusammen, die Zehen krümmen sich, krallen sich aneinander, geben nach. Meine Finger werden zu Haken, Krallen im Inneren der Handflächen. Ich spüre den eisigen Griff an meinen Waden, die kriechende Kälte entlang meiner

Arme. Mein Körper zerfällt, wird hart und zerbricht in Kristallsplitter, zerstoßenes Eis. Es ist ein Schmerz geordneter Bisse und Risse. Eine Liebkosung, die den Blutkreislauf stoppt. Der Lebensstrom kommt zum Stillstand.

Und um mich herum geht das Stück weiter. Wie ein Tanz, in den ich mich nicht mehr einreihen kann. Ich stehe vor dem Publikum, und das Spiel ist mir verboten. Ich stehe auf der Bühne, ohne sie zu berühren, in meinem Trauergewand, das ich nicht mehr füllen kann. Ich schließe mich aus von einer Besetzung, einer Truppe, einer Geschichte, einem Beruf, einer Leidenschaft. Ich bin eine Erscheinung.

Seit sechs Monaten wähnte ich mich dem geliebten Mann entkommen. Der Erinnerung an ihn. Ich wollte ihn vergessen, ihn und auch die Frau, die ich mit ihm gewesen war. Diese Frau hatte ich gemordet. War ihrem strahlenden, kraftvollen Ich für einen Augenblick begegnet und hatte sie dann hastig begraben, einfach so. Wie man versucht, einen kolossalen Schnitzer zu überspielen. Einen lächerlichen Fehler.

Aber der vergessene Mann sitzt da, vor mir mit gelüftetem Schleier und nacktem Gesicht auf der Theaterbühne. Mir, die ganz und gar dieser Barbarei ausgeliefert ist.

Und während ich sterbe und im geschärften Bewusstsein dieses Todes, im Bewusstsein seines Verlaufs und seines Voranschreitens, sagt ein anderes Ich in mir die Worte der

Mutter: »Ich habe sie gehabt? Du hast die Stirn zu sagen, dass ich es war, die sie gehabt hat – so als ob ich sie gewollt hätte! Er war es, Herr Direktor, er hat mir den anderen aufgenötigt! Er hat mich gezwungen, gezwungen, mit ihm davonzugehen!«

Und dieses andere Ich sagt die Repliken *in der richtigen Reihenfolge. Im richtigen Moment. Zum richtigen Partner. In der richtigen Intonation. Und im richtigen Rhythmus.*

In einer Klarheit, die größer ist als ich. Ich bin die Rekonstruktion der Rolle. Ihr Mechanismus. Ich bin Echoraum. Ansagerin des Textes. Verschwunden und anwesend. Stumm und rezitierend. Aber ich verliere den Rhythmus. Ich komme mir abhanden, ohne mich fassen zu können. Ich bin nicht vom Stuhl aufgestanden, wie die Mutter es tun muss. Ich bleibe sitzen, wie ein Block von Frau, und sehe im Blick der anderen Schauspieler Zweifel und Erschrecken. Der Sinn dessen, was ich sage, entfernt sich, aber ich bin immer noch durchtränkt vom Rhythmus und von den wie auf einer Partitur eingravierten Worten. In dieser undurchdringlichen Welt bin ich die Rolle nicht mehr. Aber ich spreche sie noch.

Jede Hoffnung schwindet, als auch mein Gesicht sich dem Gehirn unterwirft. Ein Krampf im Kinn, kriechende Maden unter der Zunge, an den Innenseiten der Wangen, Kribbeln in der Nase, dann die leichte Betäubung, die ihre Lähmung verbreitet, das Gefühl geschwollener Lippen, zusammengekniffener Nasenflügel. Die Luft ist knapp und brennend heiß.

Und jetzt die Gewissheit. Dass der Tod mich am Wickel hat. Dass jetzt alles vorbei ist. Wem soll ich es sagen und wie soll ich es sagen? Ich sterbe! Ich sterbe und spreche dabei:

»Er hat mich gezwungen, Gott ist mein Zeuge! Fragen Sie ihn doch, ob es wahr ist. Lassen Sie es ihn doch erzählen.«

Das tödliche Schwert genau an meiner Wirbelsäule, *spreche ich noch meinen Text.* Ist der Tod beeindruckt? Überrascht ihn mein Kampf? Es gibt diese Verschiebung zwischen meinem Tod und meiner Stimme, ich spreche ohne mich, ich bin eine mündliche Präsenz, eine Agonie in zwei Phasen.

Die Klinge in meinen Wirbeln, ich immer noch sitzend, weil ich mich auf zwei abgestorbenen Füßen, zwei blau geschwollenen Beinen nicht halten kann, spreche ich noch und höre mich sagen:

»Du solltest dich schämen, Kind! Du solltest dich schämen!«

Mit dem eisigen Strom, der sich im Rücken ausbreitet, dem durch die Schockkälte zweigeteilten Körper mache ich weiter. Beine und Arme amputiert, von der Panik erstickt, mit galoppierendem Herzen spreche ich von Heirat, von einer armen Frau, einer bescheidenen Frau. Ich stelle die richtigen Fragen mit der richtigen Atmung. Gepfählt, geopfert, weiß ich noch meinen Text. In den schwankenden Zeilen der Repliken meiner Partner. In ihren Bühnenbewegungen, während sie um mich kreisen wie Schmetterlinge um die Flamme. Ich kann meinen Text noch! Oh! Der Verrückte! Der Wahnsinnige, der fehlbare Tod! Er hat keine Ahnung! O mein Gott, was für ein Taumel! Er hat keine Ahnung! Er hat nicht am richtigen Punkt angegriffen! Füße, Hände, Gesicht! Der Schwachkopf! Die Kernenergie, das stahlharte, strahlende Innere, die Widerstandskraft der Theaterschauspieler, ich habe sie!

Ich bin allmächtig. Ich bin hart. Ich bin hysterisch. Ich bin grenzenlos. Rasend. Unersättlich. Unmenschlich.

Ich bin Schauspielerin.

Ich kann mich zwischen zwei Repliken übergeben. Hastig in die Kulissen scheißen. In einen Mülleimer pinkeln und zurückkommen. Ich kann nach innen husten. Leiden, ohne es zu spüren. Trauern. Fiebern. Bekifft sein. Verwüstet. Geplündert. Und existiere doch.

Ich existiere immer noch!

Hör dir das an, alter Mistkerl! Ich sage: »Er hatte mir schon vorher meinen Sohn weggenommen, Herr Direktor!« Fehlerlos. Ohne Zögern.

Ich sage es.

Weil es das ist, was ich sagen muss. Pirandellos Sätze! Und du, der du die Schwachen, die Wehrlosen, die Erschöpften ummähst, willst dich meiner Mission entgegenstellen? Den Worten des Genies, die mir übertragen wurden? Man hat mich gewählt, auserlesen, um heute Abend hier zu sein und die Wörter zu sprechen und den Raum zwischen den Wörtern, und selbst ohne Füße, ohne Gesicht und ohne Arme werde ich sie sprechen.

Sogar ohne mich selbst werde ich sie sprechen.

Und meine letzte Replik: »Sie können mir glauben, Herr Direktor, mir ist nicht im Traum der Gedanke gekommen, dass dieses Weibsstück mir nur Arbeit gab, weil es ein Auge auf meine Tochter geworfen hatte.«

Ich habe sie gesprochen.

Ich. Rumpffrau, zerschlagen, gelähmt, schwitzend und bleich. Ich. Unter der Rüstung die Wunde, die Zerstörung. Ohne Gesicht ohne Blut ohne Atem. Ich habe sie gesprochen.

Und als ich sie sprach, wusste ich, dass ich verloren hatte. Denn ich habe sie gesprochen wie einen letzten Willen.

Selbstaufgabe ohne Stolz.

Voilà.

Ich war bis zum Ende des ersten Teils des Stückes gelangt. Aber als der Text erledigt war, gab es nichts mehr, was mich hielt. Hatte ich keine Stütze mehr.

Und als Gaël ankündigte, er werde sich kurz mit den sechs Personen zurückziehen, als Estelle und Alex mich hochzogen und stützten und schoben. Als wir alle sieben von der Bühne gingen.

Wusste ich, dass *wir beide* tot waren.

Die Schauspielerin. Und die Frau.

Es war vorbei.

DAS GEHIRN HATTE GESIEGT. Ich war tot. Getötet von diesem brutalen Erstaunen, der neuen, überraschenden und unabwendbaren Situation. Wie inmitten der Wüste abgelegt. Auf einem hastig in meine Garderobe geschobenen Bett.

Um mich herum spürte ich die Bewegungen der Körper, das Echo der Stimmen in den Gängen, den Garderoben, den warmen Nebel, der um meinen leblosen Körper waberte. Ich spürte die Vibration, die Ballung von Schreck und drängenden Entscheidungen, das Schubsen und Drängen, das Chaos. Die Katastrophe.

Und dann das eisige Wasser, das mir aus einem Glas ins Gesicht gekippt wurde. Der Schmerz des Blutes, das wieder in den Adern zu fließen begann, und trotzdem. Da war nichts mehr zu machen, denn ich war schon zu lange weggedriftet, ich war schon zu weit fort. Ich war eine andere.

Auch wenn das über mich gebeugte Gesicht des Arztes mich anlächelte und er sagte: »Madame?, ganz ehrlich, sehe ich vielleicht so aus, als mache ich mir Sorgen?«, wusste ich, an welcher Schwelle ich stand. Ich wusste, dass man jemandem, der stirbt, nicht zuruft: »Du stirbst, mein

Schatz!«. Nein. Man sagt genau das: »Madame, ganz ehrlich, sehe ich vielleicht so aus, als mache ich mir Sorgen?« Mit dem neutralen Lächeln dessen, der nicht weiß, wovon er spricht. Ich aber wusste, dass ich verschwunden war.

Er war ein Anfänger. Ein Grünschnabel. Keine Ahnung vom Tod. Und in seiner großartigen Unschuld wagte er den phrasenhaften Satz: »Gehen Sie nach Hause oder besser noch, gehen Sie an die Luft.«

Das war noch wirkungsvoller als das eisige Wasser im Gesicht. Wirkungsvoller als eine Ohrfeige. Wirkungsvoller als ein Sturz in vollem Lauf.

An die Luft gehen! In die Luft gehen, meinen Sie. In die Luft gehen und dann endgültig krepieren, endlich krepieren.

Das Theater verlassen. *Nach Hause gehen.* Der Rat, den man anderen gibt. Denen, die das Heiligtum nicht kennen. Die nicht auf den Brettern zum Leben erwachen. Der mörderische Rat. »Gehen Sie nach Hause.« Ein Fluch.

Das Leben ist zurückgekommen. Durch das Kellerfenster des Leidens. Ich habe geweint. Heftig. Widerlich. Mit Nase, Mund, Schultern, Bauch geweint. In einem endlosen Sturz geweint. Schreiend und schniefend und voller Panik geweint. Ich habe geweint, ohne Halt zu finden, mich an eine Wand, eine Hoffnung klammern zu können. Ich habe geweint, als hätte ich es noch nie getan. Ich habe geweint, als hätte ich diesen Strom seit siebenundvierzig Jahren in mir und niemand hätte vorher das Ventil geöffnet.

Ich habe zum ersten Mal geweint.

So lange.

Es hörte nicht auf.

Der Schmerz hatte mich gepackt. Vergewaltigt.

Sie haben die Vorstellung abgesagt.

Wegen mir.

Das Publikum strömt hinaus. Das Leben zieht sich zurück. Jeder ist der kalten Nacht, dem ungewissen Nebel zurückgegeben, dem Warten an der Taxihaltestelle, am Metrogleis. Die gewohnte Hinnahme unvermeidlicher Enttäuschungen. Das, was man resigniert *das Übliche* nennt.

Im Theater herrscht wieder apokalyptische Stille. Ein entleerter Raum. Das Theater wird verdächtig. Unseriös. Gaukelei. Weil man die Vorstellung einfach unterbrechen kann. Weil nichts echt ist: Hier steht das Leben nicht über dem Leben. Der Ort ist profan. Und all sein Geheimnis Plunder. Hokuspokus. Wenn man einen Schauspieler auffordern kann, an die Luft zu gehen, kann die Maschinerie des Theaters auch die eines Schiffes oder eines beliebigen Fahrzeugs sein. Hätte man genauso gut in eine Werkstatt, eine Garage, einen Lagerraum gehen können. Inspizienten, Bühnenarbeiter: wieder ganz normale »Jungs«, die schuften und ihre Stunden ableisten. Flaschenzüge bewegen und Effekte produzieren, wie andere Sackkarren schieben und Kisten füllen. Das entblößte Theater: ein riesiges kahles Gerippe. Und Pirandellos Worte: Da man sie zum Schweigen bringen kann, sind sie nicht mehr als Druckerschwärze in geschlossenen Büchern. Abgestorbenes Gewebe.

Sie haben die Scheinwerfer ausgeschaltet. Trockenes Knistern. Schwarze Löcher. Sie haben die Bühne aufgeräumt. Die Requisiten weggestellt. Die Kostüme zur Reinigung gegeben. Zögernd. (Die Schauspieler hatten nicht genug geschwitzt, die Haut der Personen hatte nicht genug am Stoff geklebt, der säuerliche Geruch der bekämpften Angst war nicht stark genug.)

Das war kein Theater mehr. Das war einfach nur ein misslungenes Fest. Die heftige Enttäuschung, der tiefe Zorn aller, die wieder ihre Alltagssachen, ihre Alltagsschuhe anzogen. Ohne gekämpft zu haben.

Ich schwankte zwischen gegensätzlichen Gefühlen. Sollte ich mich hassen oder mich bedauern? Mich dafür hassen, dass ich mich bedauerte, so weit gesunken zu sein, mich trösten, obwohl ich schuldig war? Mir meine Sünde vergeben, obwohl ich den unauslöschlichen Makel trug?

Ich trug die Stille des Theaters und die Niederlage jedes Einzelnen. Und in diesem Bewusstsein des Gemetzels hat mich plötzlich alles verlassen. Die Tränen. Die Angst. Der Schmerz. Ich duschte und spürte das Wasser nicht. Ich hatte keine Haut mehr. Ich bestand aus einem leblosen Stoff, ohne Kontur, ohne Geheimnis, nichts Menschliches, wie ein großer, wertloser Stein. Ich bewegte mich ohne Regung. War nicht realer als ein nackter Kleiderbügel. Eine Dose mit Reispuder. Die Wattepads im Papierkorb. Ich habe mein Gesicht im Spiegel gesehen. Es sagte nichts mehr. Es war weder gealtert noch verändert. Es bestand aus zusammengestückelten toten Teilen, die nicht zueinanderpassten. Die Proportionen waren falsch. Auch die Farben. Brackiges Grün, gräuliches Weiß, schlecht gemischt. Es sah aus, als wäre mein Gesicht irgendwo auf eine schmutzige, stumpfe Fläche gefallen. Undefinierbare Hässlichkeit.

Von wo komme ich zurück?

Als ich das Gesicht im Spiegel sah, habe ich mir diese Frage gestellt. Weil ich eines nicht wollte: nach Hause gehen. Weil ich nicht wusste, wohin, wollte ich zumindest eines wissen: *Von wo komme ich zurück?*

Durch seine bloße Anwesenheit in der Mitte der fünften Reihe – dem idealen Platz – hatte mich der namenlose Mann, der doch nie aufgehört hatte, seinen Vornamen zu tragen, sein Vorname zu sein, hatte mich dieser Mann vernichtet. An einem unantastbaren Ort. Dieser Mann war ein Frevel. Ohne Furcht und Religion. Und ich, die einst mit ihm vereint war? Die soeben dem Tod entronnen war?

Ich hatte keine Gewissheiten, keinen Platz, keine Aufgabe mehr, Herz und Hirn waren gleichermaßen aufgelöst. Ich würde nicht nach Hause gehen, kein bequemer, vertrauter Ort konnte diese enteignete Frau aufnehmen. Also bin ich durch die Nacht von Paris gelaufen, bis ich schließlich an diesen Bahnhof kam. Bin lange herumgeirrt, wie ein orientierungsloses Tier. Ein langsames Driften durch einen Nebel, der den Straßen verschwundene Konturen gab. Eine Stadt zwischen Fiktion und Wirklichkeit. Eine Stadt, um darin etwas Müdigkeit und Hingabe abzulegen, nach der flüchtigen Umarmung des Todes, nach dem am Ende gewonnenen Duell.

DA SIE MIR IMMER NOCH ZUHÖREN, sollen Sie wissen, dass ich noch ganz andere Dinge zu erzählen habe, denn die Geschichte, die Geschichte mit diesem Mann, unsere kleine mörderische Tragödie kommt von weither. Reglos, wie Sie sind, wissen Sie, dass wir alle einen Schiffbruch erlitten haben, dass wir alle schon um unser Leben gelaufen sind, auch ich habe meins damit verbracht, gegen den Tod zu kämpfen. Ich war das blau angelaufene, erdrosselte und wiederbelebte Neugeborene. Ich war das ertrunkene, aus dem Wasser gefischte kleine Mädchen. Ich war das kranke Kind, das nie in die Schule durfte, was für ein Glück. Sanft versank ich in der Krankheit, weicher, wattiger Raum, ein unendlicher Traum. Ich schlüpfte ins Bett, unter die Mohairdecken, die meine Eltern so teuer verkauften. Ich schloss meine Tür und öffnete meine Bücher. Entdeckte das einsame Vergnügen. Mir fehlte nichts. Um mich herum regte es sich, herrschten endlose Verpflichtungen, das hastige, drängende Leben, und je mehr alle von einem Punkt zum anderen rannten, desto mehr las die kleine Bettlägerige, so tapfer, insgeheim so glücklich, eine nach der anderen die Zeilen aus Druckerschwärze, die die Welt zeichneten.

Lesekur. Schweben jenseits der Familienschmerzen, der Tränen meiner Mutter, der Depression meines Vaters und des Bemühens meiner Brüder, zwischen beiden die Flamme dessen wiederzubeleben, was es nie gegeben hatte: eheliche Liebe. Ich ließ die traurigen Ritter gegen die Windmühlen kämpfen. Sich in der Niederlage erschöpfen.

Der Tod hatte bedrohliche Werte auf die Laborberichte geschrieben, und ich tat so, als schwächte mich dieses unangreifbare Gesetz der Zahlen. Tatsächlich schöpfte ich unendlich viel Kraft aus den Büchern, und als ich die Mohairdecke von mir warf, um in die Welt zurückzukehren, hatte ich gelernt, dass man mit dem Tod tricksen muss. Geschmeidig sein, um zwischen seinen Netzen hindurchzuschlüpfen. Er war ständig anwesend, wie der Kern in der Frucht, er war ein Versprechen. Aber der Tod ist ein Schauspieler, der sich in seiner Rolle irrt. Er denkt, er spielt den König oder Gott, aber er ist nur ein kleiner Kammerdiener. Unverzichtbarer Lakai und diskreter Kuppler. Nicht mehr. Nicht für mich.

Aber gestern, gestern Abend, da hat er die Hauptrolle an sich gerissen. Er hat in die Mitte der fünften Reihe – auf den idealen Platz – den idealen Mann gesetzt. Den ich verleugnet hatte, ohne ihn zu vergessen. Verbannt, ohne ihn zu verlassen. Den Lebensquell. Den Geliebten. Kein jugendlicher Liebhaber, nein. Ein Mann meines Alters. Meiner Kraft. Ein Unmoralischer und Gesetzloser. Wie für mich geschaffen.

Ich war ihm begegnet, bevor ich ihn sah. Ich hatte ihn erkannt und geliebt, bevor ich ihn kennenlernte. In der Regenbogenpresse heißt es, man sei wie vom Blitz getroffen, sie unterteilt die Liebe in Stadien, in denen bestenfalls von Unterbewusstsein, schlimmstenfalls von Hormonen mit seltsamen Namen, von einem Prozess in drei Phasen und einem vorgeschriebenen Drehbuch die Rede ist. In der traurigen Welt der Klatschspalten. Die alles zerpflücken. Mit ihrer Wörterbuchpoesie.

Ich sagen Ihnen was: Der Blitz, die Liebe, die einen unbemerkt befruchtet hat, die Verschmelzung zweier Menschen, die nicht einmal ihre Vornamen und ihren Platz in der Welt kennen, dieses Ereignis lässt sich zwischen den Glasplättchen des Mikroskops analysieren, weil der Mensch nichts als eine Summe von Atomen ist. Nichts als eine Anhäufung. Ein Mischmasch. Ein Ektoplasma. Und da frage ich mich, was wir erreichen wollen, wenn wir an Alceste, Hamlet, Lukrezia oder Camille arbeiten. Mit welchen Abgründen sie uns bedrohen. Vor welchem Grauen sie uns bewahren. Sie enthalten mehr als uns selbst, legendäre Helden, Bühnengötter, Komödiantenleidenschaften, Krönung unseres Lebens. Sie führen uns die Leidenschaft als menschliche Niederlage und höchste Besessenheit vor Augen. Sie sehen uns an, in diesem Augenblick, Sie und mich, unsere getrennten Welten und unser ungleiches Leid, und dennoch. Ich spreche. Und Sie bleiben da. Sie machen ebenfalls die Bekanntschaft des Mannes ohne Moral.

Das erste Mal, als meine Augen ihn sahen, war in einer nächtlichen Menge, Anlage voll aufgedreht, Freunde, die auf den Sofas saßen, in der Mitte des Wohnzimmers herumhüpften, edle Weine und mit zerstoßenem Eis gekühlten Champagner tranken. Beim ersten Mal, als man ihn mir vorgestellt hat, auf ihn gezeigt hat unter so vielen anderen, in dieser Vielzahl, wo alle, bekannt oder unbekannt, sich mit betäubter Selbstverständlichkeit ihre knallenden Küsschen verpassten, beim ersten Mal habe ich ihm die Hand gegeben. Seine Überraschung, fast ein Zurückweichen vor dieser Distanz, Hand und Arm in einen hygienischen, hierarchischen Zwischenraum gestreckt, schon ein Schock, der erste. Der Unterschied, den ich unverzüglich zwischen ihm und mir, zwischen ihm und den anderen machte, ihm, den ich nicht mit dieser erzwungenen Zwanglosigkeit umarmen würde. Dieser Mann. Meine erste Ablehnung.

Er drückt meine ausgestreckte Hand. Guten Tag. Guten Tag. Das ist Paul. Nelly. Angenehm. Ich sage das. Ich sage »Angenehm«. Vertreterin einer zivilisierten Gesellschaft. Und ich gehe. Suche mit den Augen, was mich in dem dunklen, vielfarbigen und vielgestaltigen Zimmer in neutrales Gebiet zurückbringen könnte. Rettung irgendwo, vielleicht beim Buffet. Strahlendes Wiedersehen, Freudenrufe, Verbrüderung und gelegentliche Enttäuschung, über die Musik hinweg reden und immer über die Schultern der einen und der anderen hinweg einen anderen suchen.

Das ist alles.

So hat die Geschichte begonnen. Die große Geschichte. In Großbuchstaben. Ursprungsszene. Eine unbekannte Hand schütteln. Und »angenehm« sagen. Ohne zu wissen.

Was diese Hand.
Was sie sein wird.
Wie sie mir gehören wird.
Wo sie sich hinwagen wird.
Angenehm.
Paul.
Nelly.
Schon unsere Hände.
Heftiger Stromschlag.
Zu spät.
Paul.
Nelly.
Schon hat es angefangen.
Zauber.
Es hat begonnen.
War irgendwo geschrieben.

Am nächsten Tag habe ich ihn wiedergesehen. Am Tag nach einem Fest, wenn sich die Einsamen, die zwanglosen Paare, die Geschiedenen ohne Kinderdienst, die Durchreisenden treffen, die angenehme Gesellschaft der Entspannten. Es war ein Sonntag mit zerstreuten Wolken, müdes Wetter im Atem eines lauen Windes, und wir waren alle träge, etwas benebelt. Leichter Kater und fehlender Schlaf, woraus man spontane Ungezwungenheit schöpft.

Er war da. Unmöglich diesmal, nicht die genaue Farbe seiner Augen zu sehen, ein die Pupille überschwemmendes Schwarz, ein Schwarz wie geschminkt, ein Glanz am Rande der Tränen, und über diesem Lackschwarz, diesem kalligrafierten Schwarz die mädchenhaften Wimpern, zu lang. Ein Theaterblick, habe ich gedacht. Natürliches Leuchten. Unmöglich diesmal, die Hand auszustrecken und »angenehm« zu sagen, unmöglich zu ignorieren, dass es nicht so einfach sein wird, dass etwas anfängt und sich in Gang gesetzt hat, aber was genau, was bahnt sich an, was wiederholt sich? Das bekannte Stück, der gelernte, zum ersten Mal gesprochene Text, denn genau das steht auf dem Spielplan, genau das suchen wir, er und ich, in dieser Begegnung: *zum ersten Mal erleben zu können*, was wir schon mehrere Male erlebt haben.

Und alle ringsum wissen es. Die Zeremonie gibt sich unschuldig und freundschaftlich, aber niemand kann die ständige Spannung ignorieren, das Gefühl, das zwischen zwei Menschen zirkuliert, die es wagen werden.

Bald.

In einer Stunde.

Einer Minute.

Einem Monat.

Bald.

Einer das Tier des anderen zu sein.

Man knabbert und trinkt. Man raucht bei geöffnetem Fenster, und lauer Wind bewegt die Vorhänge. Man spricht von tausend Dingen, die nichts mit dem zu tun haben, was sich da vor den Augen der Anwesenden abspielt. Und das ist gut. Man muss in einer erträglichen Zone halten, was nicht erträglich ist. Was Paul und Nelly womöglich schwach werden lässt, deren Hände jetzt wissen, was sie erwartet. Ihr Rhythmus passt sich dem der anderen an, essen, trinken, ein bisschen lachen, oberflächliches Geplänkel auslösen, um das Gespräch in Gang zu bringen, laut werden, aus Lust an der Übertreibung und der sofortigen Versöhnung. Und dennoch. Sie beide. Trockene Kehle, Kloß im Bauch, bebende Arterie am Halsansatz, die pocht, wie ein kleines, versetztes Herz, und an der Schläfe, am Haaransatz, ein paar Schweißperlen.

ZU DIESEM MANN ZU GEHEN hieß nicht, den Sinn des Lebens zu suchen. Sondern den Extremzustand des Lebens zu leben. Und alles zu vergessen, was ich wusste. Alles, was wir beide wussten, in unserem Alter. Was wir an Ernüchterung, Ängsten und Scheitern angesammelt hatten. Das Bedürfnis, sich zu vereinigen, stärker als alles andere. Sein Eheleben – denn gegen allen Anschein hatte er eine Frau und schon sehr lange, die ihn nie begleitete (»Eine Frau ist keine Handtasche, man nimmt sie nicht mit, wenn man abends ausgeht«, hat er mal gesagt, einer seiner ehrlichen und obszönen Sprüche), weil es Kinder gab, vier, weil es gemeinsames Geld gab, und so viel, dass das Paar, das er mit dieser Frau bildete – die also kein Accessoire war –, so viel Geld, sage ich, dass dieses Paar einem erfolgreichen Startup glich.

Das alles, was ich nicht wusste, wusste ich bereits. In den Wirbeln, den leuchtenden Bewegungen, die sich von ihm auf mich übertrugen, inmitten des freundschaftlichen, immer beschwipsteren Stimmengewirrs, abgelenkt von uns beiden, dem entstehenden Paar, dem Entwurf künftigen Leids, in diesem Zauber, der den Namen Liebe trägt, kannte ich ihn bereits. Den Preis, der zu zahlen war.

Wir haben geliebt. Und die Liebe gelebt. Ich nenne es so. Liebe. Denn in diesen Momenten am Rande des Untergangs haben wir gegeben und besessen, was wir an Wahrhaftigem und Ehrlichem, an Gefährlichem und Gewagtem hatten, das Innerste unseres eigenen Inneren, mit seinem Gefolge an verstörten Erklärungen und verrückten Entscheidungen: Wir würden zusammenleben, er würde alles zurücklassen: Frau, Kinder, Auflösung des Startups, Zerstreuung des Reichtums, weil nichts mehr Wert besaß, nichts mehr der Höhe der Welle standhalten konnte.

Ich nenne es so. Liebe. Weil es der einzige Stolz ist, der mir bleibt, das Einzige, was ich in dieser gegenseitigen Hinrichtung retten konnte: die Wahrheit dessen, was gewesen ist. Ich weiß es. *Ich war dabei.*

Beim Kräftemessen. Und dem Eingeständnis der Schwächen. Im Ansehen der Gefühle und der Sexualität ohne Grenzen, die mich von mir selbst losriss und uns miteinander verband. In unserer Liebe, die starb, während wir sie lebten. Sich entzog, während wir sie uns vorstellten. Und weil wir beschlossen hatten, dort, in diesem ständigen Ungleichgewicht, dieser Furcht vor dem Bruch, dem vorweggenommenen Verlust des anderen zu verharren, fürchteten und hofften wir alles. Vielleicht liebten wir in dieser Flucht aus der Zeit, im Tumult von Gewalt und Ekstase die Gefahren, die uns drohten.

Wir spielten.

Mit der Zerstörung.

Und der möglichen Verschmelzung.

Schaukelten zwischen den beiden Polen, nach oben,

nach unten, an einem Tag Agnostiker und betend am nächsten. Verzweifelt und voller Jubel.

Es war eine außerordentliche Zeit.

Eine Zeit, in der das körperliche Verschlingen des anderen von seinem möglichen Verschwinden begleitet wurde.

Eine Zeit, in der die aufrichtigsten Geständnisse in Vergessenheit zu geraten drohten.

Versprechen schäbig oder unwirklich klingen konnten.

Hingabe beängstigender schien als Verweigerung.

Alles, was diese Liebe nährte, glitt uns zwischen den Fingern hindurch, als könne man zu nah am Himmel nichts aufbauen. Atemberaubende Reinheit. Unvermeidliches Ersticken.

Manchmal sahen wir uns tagelang, wochenlang nicht. Waren gefangen in einer Abwesenheit, die das Verlangen nicht immer nährte, sondern es abnutzte, uns ungewollt Vorwürfe, verborgene Wünsche und Bedauern einflüsterte. Die wir dennoch verschwiegen. Weil wir so gern darüberstehen wollten. Über dem bitteren Gerede und den schäbigen Ansprüchen. Dem Geständnis enttäuschter Illusionen. Das war etwas für die anderen. Die Kleinlichen und die Knausrigen. Die Unruhestifter, die Berechnenden. Wir standen drüber: im Olymp, im Paradies, im siebten Himmel. Sagten wir.

Aber wir standen über gar nichts.

Denn nachdem wir uns so oft und so chaotisch, zuckend und einvernehmlich geliebt hatten, denn nach dem

Abspulen dieser weltlichen und erhabenen Liturgie, nachdem wir uns ständige Freude und das ewige Leben versprochen hatten. Haben wir uns verlassen.

Einander verlassen.

Und uns selbst verlassen.

Ich war das Ziel gewesen. Die Sehnsucht und die Erfüllung. Der Motor und die Hoffnung. Die Rettung und das Erwachen. Ich war die, die man erwählt, die man erwartet, ich war das blendende Licht, der unverzichtbare Körper, Labsal Erholung Lustobjekt ständiger Schmerz Sandkorn Verhinderung großes Problem Last Grab Hexe Klotz am Bein programmierter Selbstmord.

Ich war das Unmögliche.

Und die Katastrophe.

Und eines Tages habe ich keine dieser Rollen mehr gespielt. Eines Tages haben wir uns getrennt, ohne uns die Hände schmutzig zu machen. Zivilisierte Exekution. Diese Liebe trug die Verheißung ihrer Zerstörung in sich, wir haben uns getrennt, und jeder trug in seinem Maul einen Teil des anderen, ein Stück seines Leibes und seiner Seele davon.

Das ist sie ungefähr, die Geschichte mit dem idealen Mann namens Paul.

Eines Tages habe ich geflüstert: »Es geht dir zu schlecht. Geh zu deiner Familie zurück.«

Er hat geantwortet.
Ich erinnere mich genau.
Am Telefon.
Atemzug der Erwartung. Unendlichkeit der Sekunden.
Er hat geantwortet.
»Danke.«

Ich wusste nicht, dass der Tod so höflich sein kann.

DAS IST ALLES. Sie haben mir zugehört, jetzt können Sie mich vergessen. Vergessen Sie alles, was ich gesagt habe, das ist Ihr gutes Recht. Werfen Sie die Geschichte über Bord, ertränken Sie sie im Fusel. Vergessen Sie die, die nicht mehr existiert. Die nie mehr ins Licht treten wird. Hier, zehn Euro, der hübsche rosa Schein, ich lege ihn da hin, neben Ihr Gesicht, in die Kuhle im Schlafsack. Sieht aus, als wären Sie daran gewöhnt. Funktioniert das öfter, das komatöse Zuhören, die dumpfe Anwesenheit? Breitet jede Nacht ein Verirrter seinen riesigen Kummer vor Ihren Füßen aus? Ein Job wie jeder andere, oder? Jedem seine Funktion. Ich lege den Schein hin und kann Ihre Haare berühren. Heute Abend werde ich nicht spielen. Ich kann die Mikroben anfassen, mich an Gefahren reiben. Ich habe nichts mehr zu verlieren. Nichts mehr zu erleben. Ich pfeif drauf. Es ist aus. Behalten Sie es, mein schmerzliches Drama. Ich pfeif drauf. Ich lege einen Finger auf Ihren Schädel, Ihre Wange, die durchbohrten Brauen, gerade werden Abfahrtszeiten angesagt, wie spät ist es, die Namen all der Städte, in die Sie nie fahren werden. Ich habe Ihre Haare berührt. Widerlich. Sagen Sie mir, dass es widerlich ist, diese zehn Euro vor Ihrem Gesicht. Wir verdienen mehr als diese Demütigung, alle beide. Verstehen Sie? In welcher Sprache verstehen Sie?

Meine Söhne machen gerade dasselbe wie Sie. Sie schlafen. Ganz sicher. Sie wissen nicht, dass mein Zimmer leer ist. Sie vertrauen. Es ist schrecklich, wie sehr unsere Kinder uns vertrauen. Als würde uns die Mutterschaft unfehlbar machen. Dabei reicht eine Kleinigkeit. Ein Mann, der nicht sie ist. Ein Mann, der vorbeigeht, und ihre Mutter ist nicht mehr ihre Mutter. Nur noch eine Frau, die vor Schmerz brüllt. Die auf der Bühne stirbt. Und in Bahnhöfen schläft. Die Allmacht der Söhne und ihrer Mütter. Vernichtet, einfach so, von einem Mann, eines Abends getroffen, das geht schnell, so ein Absturz, was? Ihnen muss ich das wohl nicht sagen, ich werde Ihnen überhaupt nichts mehr sagen. Ich habe Ihre Haare angefasst, Sie sind eiskalt. Das sind Mädchenhaare, ganz sicher, rasiert, aber Mädchenhaare. Grün. Die Farbe, die im Theater Unglück bringt. Sie sollten nicht. Sie sagen nichts? Sie rühren sich nicht? Sie sind weniger gefährlich als ein unbeaufsichtigtes Gepäckstück. Weniger verdächtig als ein Gegenstand. Sie haben mir das Leben gerettet. Vielleicht auch nicht. Sie haben mir die Nacht gerettet. Das ist schon viel. Ich danke Ihnen. Ihnen, die kein Blick, kein Zuschauer je … Ich habe fast Lust, Ihnen zu applaudieren. Ich mache es nicht. Ich bin nicht verrückt. Also segne ich Sie. Zwei Finger zeichnen ein Kreuz auf Ihre Stirn. Wie auf die Stirn meines Vaters. In seinem Sonntagsanzug. Seinem Eichensarg. Leb wohl, schöner Engel, der du dein ständiger Feind warst, leb wohl …

Plötzlich dreht sie sich um. Ihr Blick ist rund, keine Wimper säumt ihn mehr. Ein altes Blau, wie zerbrochenes Porzellan, voll verängstigter Bosheit. In diesen auf mich gerichteten Augen liegt der Wille durchzuhalten. Ihr Blick schwankt zwischen Befehl und Hass.

»Geh schon.«

Das sagt sie, ich weiß es, ich sehe es. Sie gibt den Befehl. Der wie ein Fluch klingt. Ein Kriegsschrei. Und dann wendet sie das Gesicht ab und versteckt es im Schlafsack. Sie verschwindet. Ich bin allein. Ich weiche langsam zurück. Ich verlasse die Unbekannte, Mädchen oder Junge, Prophetin oder Harpyie, die mich wegschickt und mich vergisst.

Und bin dem Tag zurückgegeben.

Ich ahne die stehenden Lokomotiven, ihre verstörten Gesichter. Ein Vogel hat gesungen, bevor er sich auf die Metallstange über der Uhr gesetzt hat. 5.13 Uhr.

Es sind wenig Leute. Im Gare de l'Est.

Und plötzlich denke ich an meinen Vater. An sein Leben, das er nicht gespielt hat. Und dieses Leben ohne Auflehnung erfüllt mich mit Kummer. Dieser Mann, wunderbar tragische Figur, schüchterne Nebenrolle, der nicht wusste, dass er ebenso laut sprechen konnte wie die anderen … Was war am anderen Ende des Strandes, Papa? War dort die Einsamkeit, die Versuchung des Selbstmords oder eines anderen Mannes?

DRAUSSEN BRENNT LICHT in den Lokalen, kleine Lampen in den Fenstern, bald halb sechs, ein Mittwoch im Februar. Tauben laufen um die Gullys herum, Möwen flattern über einer Markthalle, es riecht nach Fisch und Mandarinen.

Es riecht nach Kälte und Auspuff. Nach dem Wasser auf den Bürgersteigen, Kaffee und Brot, Metro und bitterem Gewürz. Es riecht nach Straße und der Wildheit der Straße. Nach dem täglichen Kampf.

Ich gehe zu ihm. Die Zweitwohnung in Paris, die Junggesellenbude. Ich gehorche der Anweisung. »Geh schon.« Ja. Das wurde mir befohlen.

»Na sag mal, was machst du denn hier?« Vielleicht wird er das sagen. Er, der es gewagt hat. Heimlich zu kommen. Sich mitten ins Publikum zu setzen, wie ein Attentat. Er wusste, dass ich ihn sehen würde. In der Mitte der fünften Reihe. Er wusste es. Es war ein Rendezvous. Pirandellos Worte vibrieren in mir wie ein Refrain:

»Sie sollen dich sehen!«

»Ich bitte Sie, lassen Sie nicht zu, was dieser Mann vorhat!«

»Sie sollen dich sehen!«

»Ich bitte Sie.«

»Sie sollen dich sehen sollen dich sehen sollen dich sehen sie sollen dich sehen!«

Im Licht. Oder in der Nacht. In der Zweisamkeit oder in der Menge. Überall waren wir lebendig. Überall waren wir allein. Die anderen waren nur dazu da, unsere Freude zu spiegeln, unsere Vertrautheit zu stärken. In einer erbärmlichen Bar, wo im Fernsehen ein Fußballspiel lief, am Ufer des Kanals im Gedränge junger Leute, bei denen, die ihre Freude bejubelten, eine gemeinsame Enttäuschung herausbrüllten oder Joints rauchten und von Flucht träumten, waren wir das Zentrum, um das die Welt tanzte. Die Welt, in die wir uns mit dem Wunsch nach einem Glas Wein stürzten und mit der Ungeduld, in die Wohnung zurückzukehren, wo wir die Dringlichkeit hinauszögerten, sie im amüsierten, leidenschaftlichen und glücklichen Blick des anderen genossen. Sie sollen dich sehen. Wir setzten uns nicht einander gegenüber. Sondern nebeneinander auf die abgenutzte Kunstlederbank. Und wir sprachen uns ins Ohr. Ungeschminkte und wahre Worte, die von gieriger und besitzergreifender Liebe kündeten, Empfindungen und Geständnisse in einem Atemzug gehaucht, der die Schamlosigkeit verstärkte. Sie sollen uns sehen.

Ich bleibe stehen, um in meinem Kalender seine Telefonnummer zu suchen. Paul … Paul … Er taucht auf wie ein längst Ertrunkener. Ich bin den Namen, die Nummer nicht mehr gewöhnt, ich bin diese einst zwanghafte Verbindung nicht mehr gewöhnt. Ich schicke eine SMS: »Türcode?«

Und ich warte.

Es pocht überall in mir, und das ist gut. Ich liebe diese schreckliche Angst, den Schmerz, den mir die Begegnung jetzt schon bereitet. Diesmal bin ich nicht höflich. Nicht diskret, verständnisvoll. Diesmal wird er keinen Grund haben, »Danke« zu sagen.

Wir werden den fehlenden Akt spielen. Die Trennungsszene. Wir werden die Geschichte abschließen, und ganz sicher nicht voll Seelengröße. Man wird in Blut und Scheiße geboren. Ebenso stirbt man. Hygiene und saubere Hände, das ist Science-Fiction, Roboterwelt, Virtualität.

Der Tag bricht bald an. Vor den Häusern bewegen sich Schatten, Arbeiter gießen am Ende einer Gasse Asphalt auf die Straße, ein beißender Gestank. Ihre gelben Helme und die Leuchtwesten in der Dunkelheit. Mein Telefon klingelt. A335B.

A335B.

Das heißt Komm.

A335B.

Das heißt es gibt mich noch und ich bin einverstanden und ich erwarte dich und das ist die richtige Adresse und ich bin Paul und nichts hat sich geändert und ich heiße genauso und die Adresse ist dieselbe und du kennst sie und das ist der Ort, an dem wir uns die Ewigkeit versprochen haben. A335B.

Ich winke ein Taxi heran. Es hält. Ich steige ein. Ich sage die Adresse. Es fährt los.

Schrecklich. Wie einfach das alles ist.

Pirandellos Satz dröhnt in meinem Kopf: »Aber man gibt einer Gestalt nicht ungestraft Leben.« Diese unbeendete Geschichte ist größer als wir. Diese Geschichte wird enden.

Ich bitte den Fahrer, das Radio leise zu stellen. Die politischen Erklärungen zwischen zwei Werbesprüchen, das ist einfach zu hässlich. Für einen so außergewöhnlichen Moment.

Meinen Moment.

Und ich entdecke das Viertel wieder, es springt mich an, das Bistro – unser Bistro. Unser Kanal, unsere Bäckerei, unser Restaurant, unsere Apotheke, unsere Vergangenheit. Die sich nicht gerührt hat und da ist, im Herzen von Paris. Ich fühle mich verraten von dieser Landschaft, die nicht mit uns verschwunden ist. Wir haben keine Leerstelle hinterlassen. Das Taxi bleibt vor der richtigen Nummer stehen, zwölf Euro fünfzig, keine sehr teure Fahrt. Aber eine viel kostspieligere Geschichte, eine Tragödie. Wissen Sie, Monsieur, dass ich gerade aus dem Koma erwache? Sechs Monate. Wirklich, sechs Monate Koma. Und? Und ich erinnere mich an NICHTS mehr. Können Sie sich das vorstellen? Lassen Sie die Uhr laufen, ich bezahle, ich muss Ihnen das erzählen, ich habe sechs Monate meines Lebens gelebt, ohne … wie soll ich sagen? Ohne da zu sein. Haben Sie das schon mal erlebt? Diese Abwesenheit? Nein? Das ist wie ein Diebstahl, ein weißes Blatt, ein Knebel, ein …

Sie können das nicht verstehen. Behalten Sie den Rest. Danke, ja, Ihnen auch, Ihnen auch.

A335B.

Die Tür geht leicht auf, das ist überraschend. Im Foyer riecht es nach kalter Asche, der Concierge raucht immer noch so viel, das ist widerlich, sieh an, sie haben gestrichen, es ist sauberer, ja wirklich, die Treppe bin ich nie allein hochgegangen, immer mit ihm, er ließ mich vorgehen, und beim ersten Mal hatte ich Lampenfieber und den Satz von Truffaut oder ich weiß nicht wem im Kopf, der gesagt hat, »Das Beste an der Liebe ist, wenn man die Treppe hochgeht«, egal, ich sehe im Internet nach, Guitry ist es nicht, auch nicht … Auf jeden Fall ist es falsch, es ist überhaupt nicht der beste Moment, es ist der schlimmste, das muss man mal sagen, es waren drei, ja, drei Etagen, ah … da ist es … die Tür … die aufgeht … ganz von selbst …

Ich gehe hinein. In den verschwundenen Ort, der wieder auftaucht. Paul steht hinter der Tür, fast an der Wand, er hat auf mich gewartet, also hat er meine Schritte gehört, hat er sie erkannt?

Er schließt die Tür, und ich sehe ihn.

Ich schaue ihn an.

Die lackschwarzen Augen. Strahlende Nacht.

Er schaut mich an.

Wir beide einander gegenüber.

Das ist alles.

Unsere gleichzeitige Anwesenheit. Die plötzliche Möglichkeit unserer Leben zusammen. Diese Realität, die den Atem stocken lässt.

Ganz langsam kommt er näher, ganz langsam, unsere Körper berühren sich kaum in der Angst, uns vielleicht in dieser schüchternen und zärtlichen Umarmung zu zerbrechen, und es ist derselbe Geruch der Haut und dieselbe Nackenbeuge an meinem Gesicht und dieselbe Schulter mit dem gebrochenen und schlecht zusammengewachsenen Schlüsselbein, wir finden den gewohnten Platz, einer am anderen, das offensichtliche Ineinanderpassen, aber wir können nicht die ganze Zeit so bleiben, wir müssen uns losreißen.

Um zu reden.

Aber sie geht weiter, die stumme Umarmung, ich spüre sein Herz, so heftig, unser Atmen, eins am anderen, er hat etwas zugenommen, er hat etwas mehr Bauch, ich immer noch genauso mager, genauso von innen zerfressen, aber er wirkt kleiner mit diesen überzähligen Kilos, wir müssen die Umarmung wohl beenden, unseren Armen, unseren Gesichtern befehlen, sich abzukehren, zu Einsamkeit und Autonomie zurückzukehren. Wer wird es wagen? Zu unterbrechen, wovon ich so geträumt habe: *hier* zu sein. *Einfach so*. Im Film hätte der Regisseur schon *Schnitt* gebrüllt, nein, ganz anders, in einem Film hätte man den beiden eine Choreografie verpasst, ich sage dir, hopp hopp! Ihr reißt euch die Kleider vom Leib, wie ihr wollt, seine oder deine oder beide, wie es euch gefällt, ihr zieht euch halb aus und schnell und ohne dabei aufzuhören euch zu küssen mit Zunge das ist kompliziert das ist besonders anrührend

Unordnung Chaos wildes Verlangen dann liebt ihr euch im Stehen zumindest tut ihr so und du sobald er in dich eindringt also so tut kommst du also du tust so das ist eine ziemlich kurze Szene.

O ja.

Das Problem ist.

Dass wir es hier.

Nicht schaffen. So zu tun.

Nicht schaffen, hastig zu sein. Chaotisch. Das ist keine Choreografie. Das ist eine Waffenpause. Ein stummes und tierhaftes Wiedererkennen, wiedergefundenes Territorium. Und ganz langsam, um den Abdruck nicht gleich wieder zu zerstören, löst sich der eine vom anderen. Es ist kalt.

»Willst du einen Kaffee?« Ja, einen Kaffee, nein, lieber einen Tee, du kannst immer noch keinen kochen, klar ... Ein halbes Lachen. Heiser. Er kann keinen Tee kochen. Eigentlich habe ich gar keinen Durst, nein, ich bin müde. Ich setz mich hin, du erlaubst, auf das neue Sofa. Ah. Das hier ... Ist sauber. Das andere. Das haben wir ordentlich eingesaut, was, das war widerlich. Widerlich. So widerlich wie der Tee, den du nicht kochen kannst. Dabei ist es gar nicht so schwer.

Unsere Stimmen haben sich verändert. Sie sind leise, gefangen in beklemmender Erregung, in gezwungenen, schwierigen Worten. Es ist schwierig, die Partie zu beginnen. Standhaft zu bleiben und nicht das Ziel dieses Wiedersehens zu vergessen: das Ende der Geschichte ordnen.

»Warum bist du ins Theater gekommen, ohne Bescheid zu sagen?«

Er kniet vor mir nieder, der einzige Mann, den ich nicht dafür gehasst habe, zu knien, der einzige, der diese schreckliche Freundlichkeit besaß, gemischt mit dem schrecklichen Verlangen, und dann die Kühnheit und die Anweisungen, ganz leise, denen man sich aber unmöglich widersetzen konnte. Er kniet nieder, umschlingt meine Beine und sieht mir lächelnd in die Augen, findet sogleich die vertraute Haltung wieder, das amüsierte Gesicht, den gierigen Blick, es ist derselbe, ich erkenne seine Unverfrorenheit, seine umwerfende Natürlichkeit, dieser so schnell entspannte, so unschuldig grausame Mann.

»Aber ich habe dir doch Bescheid gesagt, Nelly. Ich habe dir geschrieben. Ich war im Theater und habe die Nachricht abgegeben. Das Mädchen an der Kasse hat gesagt, es wird sie dir geben.«

»Welche Nachricht?«

»Die Bitte um deine Zustimmung. Die Nachricht, dass ich komme.«

»Aber wenn ich es Ihnen doch sage, sie sind zu seinem Geburtstag! Ge-burts-tag! Und gestern, als er den Umschlag aufgemacht hat, habe ich gesehen, dass ich Karten …«

»Ich habe sie nicht bekommen.«

»Die Nachricht?«

»Ich habe sie nicht bekommen! Da war eine Verrückte an der Kasse! Sie … Sie hatte sich geirrt. Der 25. Februar war der Geburtstag ihres Sohnes! Nicht der 25. Januar! Und als er den Umschlag aufgemacht hat …«

»Schrei doch nicht …«

»Ich schreie, wenn ich will!«

»Ja. Wenn du willst.«

Als ich den Kopf drehe, sehe ich es. Das, was ich nicht sehen wollte. Das, was jedes Mal auftaucht, wenn ich versuche, mit Joseph »etwas anderes zu machen«. Ohne je zu sagen, von wo ich komme, von welchem Kummer, welchem verborgenen Riss unter meinen Händen voller Blut. Das Bett. Weiß. Der Altar. Die Bühne. Die dritte Person. Dieses Bett kenne ich in allen Richtungen, unter meinen Fingern spüre ich noch den Matratzenrand, den ich umklammerte, auf dem Bauch, den Kopf im Leeren, nicht fallen, brüllen, ohne zu fallen. Das ist manchmal schwierig.

»Willst du dich hinlegen? Bist du müde?«

»Nein. Ich gehe, meine Söhne wachen bald auf.«

»Kommen sie jetzt zu dir? Bevor sie in die Schule gehen?«

»Ja. Das hat sich geändert. Jetzt bin ich immer vor ihnen auf und mache ihnen Frühstück, das ist eine besondere und sehr wichtige Zeit.«

Oh! Wohltat der Lüge! Endlich! Die falschen Worte, Floskeln, eine zweite Haut ist also möglich, man muss nicht unbedingt in Fetzen enden, man kann auch die Hand vor die Augen, einen Finger auf den Mund legen und ein Märchen erzählen. Er fragt:

»Was ist eigentlich passiert?«

»Wann?«

(Als du mich vernichtet gedemütigt verlassen vergessen massakriert überrumpelt hast? Du willst es wissen? Als du aufgelegt hast, nachdem du »danke« gesagt hattest? Als du nach Hause zurückgekehrt bist, als du verkündet hast, du würdest endgültig bleiben, es sei endgültig vorbei, der kleine Abstecher, der kleine Ausrutscher sei eine Episode, von der man nicht mehr reden werde?)

»Als ›der Vorhang gefallen ist‹, wie ihr sagt, na gut, heutzutage fällt der Vorhang im Theater nicht mehr, das finde ich eigentlich schade, wobei … ich habe keine Ahnung.«

»Aber … Sie haben euch doch den Eintrittspreis erstattet und es euch erklärt, oder? Warum die Vorstellung unterbrochen wurde.«

»Nein, nein. Ich bin sowieso nicht zum Schalter gegangen. Ich bin abgehauen. Ich habe gewartet, dass du mich anrufst.«

»Du hast gewartet?«

»Die ganze Nacht. Du lachst?«

»Nein. Ich finde nur, eine Nacht. Das ist nicht viel.«

Ich stehe auf und gehe zum Fenster. Durch das wir die Nacht ansahen, den Mond über den Dächern von Paris, das war schön wie ein Film von Carné, du rauchst nach der Liebe, und ich umarme dich, mein nackter Körper an deinem nackten Rücken. Sie passen gut ineinander.

»Wie hast du das gemacht? Das habe ich mich oft gefragt. Wie macht Paul das? Fehlt es ihm nicht, dass ich seinen Rücken streichle? Erinnerst du dich, wie ich dir den Rücken gestreichelt habe? Manchmal stundenlang. Nächtelang.«

»Ich habe ständig daran gedacht.«

»So läuft das nicht.«

»Was?«

»Wir werden uns nicht … Nettigkeiten und idiotische Höflichkeiten sagen, wir werden uns nicht ›danke‹ sagen, ich warne dich!«

»Was soll ich denn sagen? Dass ich dich vergessen habe? Das stimmt nicht. Dass ich an unsere Orte, unsere Bistros, an den Kanal zurückkehren kann? Das stimmt nicht. Dass ich nicht alles verfolgt hätte, was du gemacht hast, mein Leben im Netz verbracht habe, um ein Foto, ein Interview zu entdecken, dass ich die Webseite des Theaters nicht auswendig kenne? Seit sechs Monaten verkneife ich es mir, dich anzurufen. Ich sehe deine Fotos an, höre deine alten Nachrichten ab, lese deine SMS noch mal, deine Briefe, deine Mails, ich verbringe meine Zeit damit, mich zu erinnern, an dein Lachen, deine Augen, deinen Körper, wie du dich gekämmt hast, die Haare vorn, vor dem Gesicht, wie du deine Strümpfe angezogen hast, wie …«

»Ich habe alles weggeworfen.«

»Das wundert mich nicht.«

Das darf er nicht sagen, mit diesem Lächeln, dieser Zärtlichkeit, die bedeutet, ach du, ich kenne dich so gut, ach, das wundert mich nicht, so liebe ich dich, entschuldige, so liebte ich dich.

»Aber du konntest alles wiederlesen, alles wiederhören, in unseren Cafés, unseren Restaurants, an unserem Kanal …«

»Nein, ich habe doch gesagt, das konnte ich nicht.«

»Und hier kannst du? In diesem Bett kannst du schlafen?«

»Ich konnte nur mit dir gut schlafen, das weißt du.«

»Hast du seit sechs Monaten nicht geschlafen?«

»Nein.«

»Sei still, das ist besser.«

»Das ist die Wahrheit.«

»Die Wahrheit ist, dass es dir ziemlich gut zu gehen scheint. Für jemanden, der seit sechs Monaten nicht geschlafen hat. Oder? Geht es dir gut?«

»Ja.«

»Das ist nämlich die Wahrheit. Es geht dir gut.«

Warum weinen die Frauen? Lässt sich dieser unendliche Schmerz, die ewige Enttäuschung auch wissenschaftlich erklären? Wie nennt man eine Liebe, die weder enden noch neu beginnen, sich weder belügen noch erniedrigen kann?

»Nicht weinen!«

»Ich habe die Nacht draußen verbracht, ich bin müde.«

»Aber dir auch.«

»Was mir auch?«

»Dir geht es auch gut. Du spielst Pirandello in einem großen Theater. Ich habe die Kritik in *Le Monde* gelesen. Du musst glücklich sein.«

Ich möchte, dass er weiterspricht. Dass er so viel Schwachsinn erzählt, bis ich plötzlich aus dieser Liebe erwache und er wie der Märchenprinz ist, der Blondschopf mit dem Federhut: total daneben. Glücklich? Weil er einen Artikel in *Le Monde* gelesen hat? Ich lache und weine, das nennt man *Hysterie*, das ist auch ein Register, ich spule nur eine große Palette von Gefühlen ab, die andere vor mir ausgedrückt haben, das ganz gewöhnliche Leiden. Gewöhnlich, ja. Vulgär. Ordinär. Dieses Leiden, das am meisten geteilte Gut, universell, zeitlos, Pferde im Schlachthof, ausgesetzte Hunde, alle weinen. Elefantenwaisen, Taxifahrer, Vermisste, Diktatoren, Filmstars. Alle brechen irgendwann zusammen unter dem, was sie an ungeteilten Gefühlen, an unerwiderter Liebe, an untröstlicher Sehnsucht zurückhalten. Aber das Schlimmste ist, zu weinen und nicht zu wissen, warum. Ohne Qual und ohne Hilfe. Das Schlimmste ist, ungewollt zu weinen. Wie eine anonyme Niederlage.

»Du liest jetzt *Le Monde*?«

»Ich lese alles, worin von dir die Rede ist.«

»Das hat mich immer genervt, dieses Benehmen wie ein … Groupie.«

»Genervt. Und geschmeichelt.«

»Heute nervt es mich! Es nervt mich, aber derart! Das kannst du dir nicht vorstellen!«

Er lächelt und streckt die Arme aus, ganz groß, ganz weit, damit ich komme, und ich sehe, was geschieht, ich sehe es ganz deutlich, durch meine Tränen, meine Müdigkeit und die erschöpfte Nervosität, ich sehe, was er mir anbietet: Vergebung und Vertrautheit, Hingabe. Er hat mich wiedergefunden, da, in diesem gereizten Geschrei, in dieser Boshaftigkeit, er hat mich gesehen, wie ich manchmal bin, wie ich in unseren glücklichen Streitereien, unserem zärtlichen Gezänk war. Und er möchte weiterspielen, den vertrauten und vertraulichen Ton bewahren. In dem Vorwürfe Liebesworte sind, in dem ich ein Quälgeist, ein Kind, eine Nervensäge bin und er sich darüber amüsiert und an mir noch die schlimmsten Schrullen liebt, meine Jugend, die mich einholt, denn die Liebe ist die Offenbarung unserer zurückgekehrten und dargebotenen Kindheit. Die Liebe ist unsere zusammengeworfenen Kindheiten.

Ich sehe zu, wie er mich erwartet. Und ich würde ihn so gern verabscheuen. Ich würde ihn so gern lieben können. Ich würde so gern mit ihm schlafen. Ich würde so gern darauf verzichten können. Aber jetzt weiß ich zumindest das: Vergessen werde ich ihn nie. Nie mehr verschweige ich seinen Namen und all das Großartige, Egoistische und Einzigartige, was er in sich trägt. Alles, was mir entspricht, mich anzieht und mich erfüllt. Alles, was mich zerstört. Nie mehr. Dich vergessen.

Dich.

»Eine Geschichte muss ein Ende haben, weißt du, Paul? Sie hat einen Anfang und auch ein Ende.«

Er öffnet die Arme noch weiter, wenn das möglich ist.

»Aber sie kann nicht so enden. In deinen Armen.«

»Warum nicht?«

»Weil das nicht gerecht ist. Dass in deinen Armen so viele Leben Platz haben, zwei Frauen, vier Kinder, zwei Städte, drei Häuser und alles andere. Weil es nicht gerecht ist, dass ich die ganze Zeit auf dich warte und die ganze Zeit das Tier bin, das beim ersten Pfiff aufspringt, um zu seinem Herrn zu rennen. Weil es nicht gerecht ist, ein Lustobjekt zu sein, ohne je seinen Anteil zu verlangen. Weil es nicht gerecht ist, diejenige zu sein, deren Arme leer sind. Es ist nicht normal, wie viele Privilegien du hast. Ein Liebesmillionär, das bist du; ich habe die Nacht auf einer Bank im Gare de l'Est verbracht, und willst du wissen, warum? Du willst wissen, warum? Ja? Zu spät. Das wird mein erstes Geheimnis. Irgendwas muss ich ja auch haben.«

»Du hast Kraft. Ich bin zusammengebrochen, du hast es gesehen, du hast es gesagt, du hast gesagt, ich soll zu meiner Familie zurückkehren, weil ich zusammengebrochen war und verloren, zu nichts mehr fähig, zu niemandem mehr fähig, weil ich niemanden lieben, nicht mehr arbeiten, nicht mehr schlafen und mit niemandem mehr sprechen konnte, nicht nur mit den Kunden oder den Freunden, nicht mal mit meinen Kindern, ich sah meine Kinder reden und verstand sie nicht mehr.«

Seine Arme fallen herab. Wie zwei kleine Flügel.

Und es gibt nichts mehr zu sagen. Die Worte kommen aus uns heraus und kommen nirgends an, sie prallen von den Wänden dieses Zimmers, das sich mit uns langweilt, die Worte setzen sich auf die Kopfkissen die Bücher den großen Spiegel die Rechnungen auf dem Regal die Gläser in der Spüle und die Teebüchsen.

»Vielleicht …«

»Ja?«

»Vielleicht bekommen wir ein anderes Leben. Was? Und wir beide werden möglich sein, weil schließlich … Oh, schließlich …«

»Was?«

»Was für eine Verschwendung!«

Ein Mann, der weint; ich glaube nicht, dass sich die Wissenschaftler dafür interessieren. Wissenschaftler interessieren sich für Allgemeingültiges, nicht für die Ausnahmen. Ein Mann, den man liebt und der weint, das gleicht einer großen Scham, die man fallen lässt, einem geräuschlosen Erdrutsch, fast nichts, so dünne Tränen, dass sie nicht mal fließen und im Blick gefangen bleiben, und mein Gott, was für eine Katastrophe. Was kann man mit dieser Liebe anfangen? Außer sie in einem tiefen Loch zu verstecken, zu vergraben wie eine radioaktive Gefahr, zu bedecken, aber womit? Was ist die Farbe dieser Trauer?

Ein Mann und eine Frau, die weinen, ohne sich zu stützen, die voreinander sitzen, ohne zu fallen, für den Dichter sind das zwei Sterne. Aber nichts, absolut nichts für Wissenschaftler.

»Ich bin sehr glücklich. Doch, das stimmt. Ich hatte dich vergessen, Paul. Das hat mich umgebracht. Und jetzt. Bin ich so glücklich. Du gefällst mir. Wie beim ersten Mal, als ich dir die Hand gedrückt habe. Und ich habe mich nie geirrt. Ich hatte immer recht. Ich habe dich geliebt, und ich hatte recht, dich zu lieben. Jetzt kann ich es sagen. Ich habe einen Mann geliebt, der Paul heißt. Ich werde es allen sagen.«

Das ist ein komischer letzter Akt. Ohne Lustschrei, ohne Hass. Ohne jede Wahrheit. Ohne Schlussfolgerung. Was werden wir anfangen mit all dem, was wir nicht gelebt haben?

Das ist eine letzte Szene, die sagt, dass es niemals enden wird. Es gibt etwas in uns, das zu dem hinzugekommen ist, was wir sind. Es gibt ein Leben zusätzlich zu unserem. Es gibt den Einfluss, den Abdruck des anderen und die Sehnsucht nach ihm. Es gibt das, was wir ihm gegeben haben, ohne es zu wissen, was er von uns durch die Tage tragen wird, und wir, er und ich, werden nie mehr ganz dieselben sein. Das wird die letzte Bindung bleiben.

Ich lasse das weiße Bett, unsere nackten Körper am Fenster und den Mond darüber hinter mir. Ich lasse das neue Sofa hinter mir und alles, was hier morgen ohne mich stattfinden wird. Ich lasse die Liebe hinter mir und die Unmöglichkeit der Liebe, die schlecht gelebten Leben, den fehlenden Mut, die Widrigkeiten, die unsichtbaren Ketten und die verlorene Kraft.

Ich gehe rückwärts davon, vorsichtig, um ihn nicht zu verlieren.

Aus den Augen.

Ich öffne die Tür und gehe, zum letzten Mal. Die Treppen hinunter. Und er wird mir nicht hinterhersehen, wie er es immer tat. Und ich tat immer, als wüsste ich es nicht, und schaute nie zurück, um ihm zu winken, und ich hatte Angst zu stolpern, oh, was wäre das für eine lächerliche Situation gewesen!

Ich sehe ihn ein letztes Mal an, die schwarzen Augen im Überglanz der zurückgehaltenen Tränen. Da ist alles, was wir voneinander wissen. Alles, was wir uns gegeben haben, in verliebter Kühnheit und absolutem Vertrauen. Da ist das, was ich von mir an diesem Ort lasse, wo ich geliebt gehofft gejubelt geweint und gelacht habe, an diesem Ort, wo ich die gegenläufigen Stunden der Liebenden und die wahnwitzige Vereinigung, die wundergleiche Vereinigung von zwei Fremden erlebt habe.

Ich sehe Paul zum letzten Mal an, und es sind ewige Sekunden. Der Barmherzigkeit. Ich könnte »danke« sagen. Ich auch. Jetzt könnte ich es. Jetzt verstehe ich es. Ich könnte es ganz leise sagen, nur für ihn und mich, aber unser Schweigen ist wie ein Gruß. Wir applaudieren uns. In diesem Schweigen. Wir erkennen und bewahren uns.

»Geh nicht. Bitte, geh jetzt nicht.«

»Meine Kinder warten auf mich.«

»Sie schlafen. Ich schwöre dir, Kinder schlafen um sechs Uhr morgens.«

Der Tag ist noch nicht ganz angebrochen. Das ist das Schrecklichste. Diese Nacht, die sich noch ein bisschen an uns klammert. Diese Dehnung, die sagt, dass wir vielleicht ein Recht haben. Auf unser geheimes Leben. Weil sonst. Wirklich. Der Tod uns packen wird. Und es nicht gerecht sein wird, wenn wir nicht zu leben gewagt haben. Ich sehe den Himmel durch das Fenster, hinter dem geliebten Mann. Und ich sehe ihn. Der sagt, dass man die Poesie annehmen muss oder nicht. Wie das Glück. Den blassen Mond, der nicht verschwinden will. Den wir nach der Liebe anschauten. Er fand uns schön, ganz bestimmt, bestimmt hielt er uns für andere, all die schlaflosen Paare, all jene, die die Liebe begeistert und verschreckt, weil die Liebe die wohlgeordneten Leben aus der Bahn wirft. Ich habe Angst. Ich habe das Recht, Angst zu haben. Warum vereinigen wir uns mit Menschen, die uns lieben und uns irgendwann in Fetzen zurücklassen? Warum geben wir dem anderen, was wir so sorgfältig bewahrt haben? Wie viele Nächte weinen wir und verfluchen, es wieder gewagt zu haben? Dieser Mann. Heute ist er da. Morgen wird er vielleicht da sein. Aber niemals, niemals werde ich ihn besitzen. Er ist ein Mann, der kommt und geht. Ein zurückgehaltener Mann. Ein geteilter Mann. Ich dachte, ich würde von ihm genesen wie von einer Brandwunde. Ich dachte, ich könnte der Invasion unter die Haut Einhalt gebieten. Und da stehe ich nun. Fassungslos und stumm. Niedergeschlagen und wütend. Und ich weiß nicht, auf wen.

»Ich will dich sehen.«

»Ich bin hässlich. Ich bin müde.«

»Du bist schön. Ich weiß es.«

Das stimmt. Die Liebenden sind schön. Freude und Schamlosigkeit lassen sie erstrahlen. Und danach, lange nach der Liebe, diese Freiheit des Körpers und im Lächeln die Kühnheit, die nicht erlöschen will. Ich sehe Paul an, und ich sehe die Gefahr, die er mir anbietet. Angesichts dieses pulsierenden Lebens, ohne Filter und ohne Schleier. Ohne Ausflucht. Angesichts dieser Eindeutigkeit, was tun?

»Aber Paul … was soll aus uns werden?«

Er lacht. Und ich lache auch. Diese Frage hatte ich ihm so oft gestellt. Nach unseren Umarmungen, unserem Wiedersehen, unserem Champagner, unserem Lachen, den Augenblicken, da die Schönheit der Liebe eine schreckliche Bedrohung war.

»Ich weiß nicht, was aus uns wird, wenn wir wieder anfangen, Nelly. Aber ich weiß, was aus uns wird, wenn wir uns verlassen.«

»Ach ja? Und was wird aus uns?«

»Zwei Idioten.«

Ich lache wieder. Ein gereiztes, angespanntes, erschöpftes Lachen. Ein glückliches Lachen. Weil es wahr ist. Genau das werden die entzweiten Liebenden, die gut gepanzerten

Stolzen, die Verängstigten, die Geschützten, genau das sind sie, zwei Idioten, und sie tragen diesen Fluch wie ein Zeichen des Schicksals, sind gebrandmarkt mit dem Siegel der Flucht. Sind verbannt und vertrieben. Schuldig des Verzichts. Ich lache, und da ist grenzenlose Müdigkeit in dieser Übereinkunft. Diesem stummen Eid.

Ich schwanke etwas, als ich auf Paul zugehe, ich falle beinahe in seine Arme, und wir zittern, während wir uns so fest umklammern. Wie zwei Schiffbrüchige. Ich zittere und spüre seine Haut an meiner atmen, und es ist ein Überlebensruf.

Ich presse Paul ganz fest an mich, und das ist unser wahres Wiedersehen. Das sagt, dass wir uns hüten werden, dass das Leben mit uns noch nicht fertig ist. Und hinter ihm, hinter seiner Männerschulter, ist der Mond nur noch ein dünner, fast schon verschwundener Strich, ein Strich wie eine Illusion, die Erinnerung eines Mondes.

Der Tag ist angebrochen.

»Ich wäre beinahe auf der Bühne gestorben. Ich habe dich im Saal gesehen und konnte nicht mehr spielen. Dann bin ich durch Paris gelaufen, und dann habe ich die Nacht in einem Bahnhof verbracht und jemandem, der vielleicht gar nicht zugehört hat, mein Leben erzählt. Ich habe mit der erstbesten reglosen Person gesprochen. Sieh mich nicht so an. Ich bin da. Jetzt ist es vorbei.«

»Küss mich.«

Ich bin die einzigartige, am meisten geliebte, am meisten begehrende Frau. Ich bin ich. Mit meinem ganzen Sein bin ich ich. Die, die ich immer sein wollte. Ganz genau. Mit dem Mann, ganz genau diesem Mann. Seinen Lippen seiner Zunge seinen Armen seinem Bauch und seinem Geschlecht, allem, was von ihm kommt, sein Geruch seine Haut sein Atem sein Luftholen sein Schweiß. Alles, was er begehrt, begehre ich. Gleicher Drang, Kraft der Inbesitznahme, Wunder der Einigkeit, Wunder des Chaos. Für diesen Augenblick habe ich den Tod besiegt. Ganz genau. Um in diesen Minuten zu sein. In diesem Blick. Diesem Mann.

Die Zeit beugt sich und verlässt uns.

Und das Leben ist da.

Mein Gott …

Wie einfach das ist.

Dank an Karine Tuil,
an Audrey Dana,
an Claire Delannoy.
Dank an Laurent Bonnet.

Zitate aus:
Luigi Pirandello, *Sechs Personen suchen einen Autor*, dt. von Georg Richert, Frankfurt a. M. 1964, und Anton Tschechow, *Onkel Wanja*, dt. von Peter Urban, Zürich 1995.

Dieses Buch erscheint im Rahmen des Förderprogramms des französischen Außenministeriums, vertreten durch die Kulturabteilung der französischen Botschaft in Berlin.

Liberté • Égalité • Fraternité
RÉPUBLIQUE FRANÇAISE
AMBASSADE DE FRANCE
EN
REPUBLIQUE FEDERALE
D'ALLEMAGNE
BUREAU DU LIVRE

Titel der Originalausgabe: *J'aimais mieux quand c'était toi*
Umschlaggestaltung: lowlypaper Marion Blomeyer
Typografie und Satz: frese-werkstatt.de
Druck und Bindung: CPI – Clausen und Bosse, Leck
ISBN 978-3-95614-167-6